근대 암흑기문학 정체성 재건

잡지『東洋之光』의 詩 世界〈Ⅰ〉

사희영 編譯

제이앤씨
Publishing Company

東洋之光

創刊號

京城 東洋之光社 發行

목 차

序 文 / 9
凡 例 / 11

< I >

序 文

본 번역서는 그동안 소외시 되어왔던 근대잡지 『東洋之光』의 서지정리를 시도한 것으로 일제말에 이루어진 운문문학을 번역함으로써 근대에 활동한 한일 지식인의 운문세계를 고찰하는 데 그 목적이 있다. 문학의 암흑기라 칭해지는 식민지기에 발간된 잡지의 정체성과 서지 정리를 통하여 한국 근대의 문학적 아포리아를 규명해내고자 한다.

잡지란 일반 대중을 대상으로 하여 시사, 문예 등 다양한 내용들을 담아 정보를 제공하는 역할을 한다. 특히 근대에 발간된 잡지는 현재와 같이 미디어가 발달해 있지 않았기에 우리가 인식하고 있는 잡지 이상의 역할을 담당했던 매우 중요한 자료이다. 그럼에도 한국어로 발간된 잡지연구에 치중되어 일본어로 발간된 잡지는 한국 근대문학사의 중심도 주변도 아닌 '존재자체가 부정'되었거나, '친일잡지'라는 비판의 시선에서 외면되었다.

잡지의 표기언어가 일본어인데다 현대와 다른 표기법인 역사적 가나즈카이(歷史的仮名遣) 사용으로 인해 일본학전문가가 아니면 독해가 불가능했기 때문이기도 하다. 이러한 상황으로 인해 국문학 연구자의 접근이 어려워 연구가 미비한 실정이며, 연구의 토대가 될 수 있는 기초적인 데이터 정리나 세세한 작품분석이 매우 미흡한 실정이다.

최근 고려대학교 연구팀을 중심으로 『조선 및 만주(朝鮮及滿洲)』를 비롯한 근대의 잡지연구와 출판서지사항을 정리해 나가고 있다. 하지만 아직 『東洋之光』의 서지정리와 연구까지는 미치지 못하고 있는 실정으로 근대잡지 『東洋之光』에 대한 간행물은 존재하고 있지 않다. 또한 『東洋之光』은 각권 약 120여페이지 분량으로 영인본을 토대로 살펴보면 45권이 간행되어(1939. 1~1945. 1) 양적으로도 상당히 방대하다. 그만큼 개인연구가가 단기간에 서지사항을 비롯한 게재된 내용의 분석이나 번역에 어려움이 따를 수밖에 없다.

이런 쉽지않은 상황에서 『東洋之光』에 대한 서지사항을 정리하여 연구의 토대를 구축하고자 하는 것은, 근대잡지를 통해 일본어가 강요되고 문학적 주도권을 잃은 식민지상황에서 지식층의 헤게모니와 근대지식인의 문학 활동의 양상을 잘 파악할 수 있을뿐더러 서양열강의 제국주의를 답습한 일본인의 오리엔탈리즘과 제국주의 양상을 잘 살펴볼 수 있는 역사적, 문학적 자료라고 확신하기 때문이다.

이에 우선적으로 『東洋之光』에 게재된 운문부분을 번역함으로써 국문학의 외연을 확장할 수 있는 연구토대를 만들고자 한다. 일제강점기 한국근대잡지로서 정치 경제 사회담론을 만들어가며 대중에게 많은 영향을 미쳤으나 친일잡지로 간주되어 연구적 기반을 마련하지 못했던 잡지 『東洋之光』을 번역하여 간행하고자 하였다.

본 번역서는 『東洋之光』에 게재된 운문을 번역 출판함으로써 후학들에게 근대문인들의 창작활동에 대한 자료로 제시할 것이며, 후학들의 교육자료로 사용할 수 있을 것이다. 또한 본 번역서를 통해 기초 자료를 구축함으로써 국문학을 비롯한 타 분야의 근대잡지에 대한 관심을 촉발시키고, 후속 연구의 기반을 마련할 수 있을 것이라 사료된다.

근대문학자료 데이터베이스 구축을 위해 졸고의 출판을 마다하지 않고 흔쾌히 허락해주신 윤석현 사장님과 졸고를 위해 관심을 갖고 지켜봐주신 모든 분들게 이 지면을 통해 감사의 마음을 전한다.

2022년 12월
편역자 사 희 영

≪잡지『東洋之光』의 詩 世界<Ⅰ> 編譯書 凡例≫

1. 원본은 세로쓰기이나 번역본은 편의상 좌로 90도 회전하여 가로쓰기로 하였다.

2. 원본은 영인본 원문을 사용하여 작품별로 편집하였고, 번역본은 영인본에 맞추어 배치하였다..

3. 목차 순은 발행일 순이며, 페이지 순으로 배치하였다.

4. 작가명은 잡지에 게재된 본명, 필명, 창씨명의 표기를 그대로 표기하였다.
   - 작가사항은 첫 출현하는 게재 해당 연월의 목차 하단에 기재하였다.
   - 작가명이 정확히 알려지지 않은 일본인의 경우 일반적으로 불리는 요미가타를 한국어로 표기하였다.

5. 원문의 인쇄상태가 불량하여 문자확인이 불가능한 경우 "－인쇄 불량으로 내용파악 어려움－" 또는 '■'로 표기하였다.

잡지『東洋之光』의 詩 世界〈Ⅰ〉

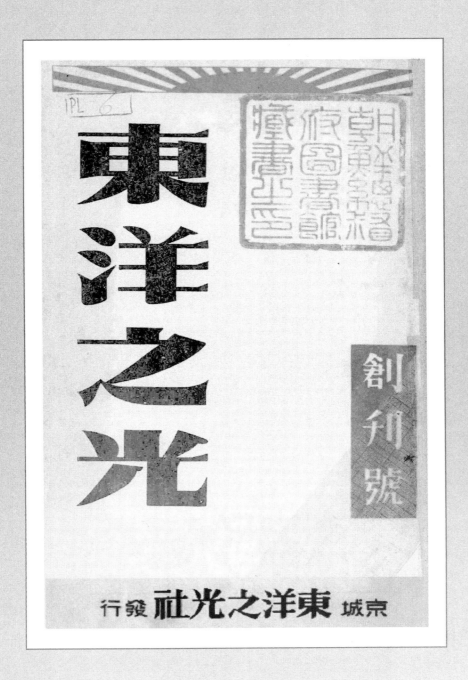

東洋之光

創刊號

京城 東洋之光社 發行

1939년 1월 『創刊號』

1. 가마다 사와이치로(鎌田澤一郎) – 「대륙의 노래(大陸の歌)」

가마다 사와이치로(鎌田澤一郎, 1894~1979)

경제연구가, 가인(歌人)

가마다는 도쿠시마현(德島県) 마쓰시게(松茂)출신이다.

가마다 사와이치로는 일제강점기 조선에서 체재하면서 경성 교외에 민족경제문화연구소(民族経済文化研究所)를 설립한 조선연구가로 6개년에 걸쳐 우카키 가즈시게 총독(宇垣総督)의 정책고문이자 비서로 근무하였고, 이후 당시 한국통감부 기관지였던 京城日報社의 사장으로 재직하였다.

1934년 조선에서 활동하는 일본가인들의 모임인 '조선가화회(朝鮮歌話會)'에서 발행한 『조선가집(朝鮮歌集)』에 공동 편집위원으로 참여하기도 하였다.

농촌진흥운동 추진에 관련된 활동으로 전후 그 경험을 높이 사서 새마을운동의 지도를 위해 몇 번이나 한국으로 초청된 것으로 알려져 있다.

저서로는 『満州移民の新しき道』(1934), 『朝鮮人移民問題の重大性』(1935), 『宇垣一成』(1937), 『國體の本義と道義朝鮮』(1944), 『朝鮮新話』(1950), 『自由人 : 歌集』(1955), 『民族外交と民族経済の文化理念』(1966) 등이 있다.

―大陸の歌―

大陸の歌

鎌 田 澤 一 郎

渦卷きつひたによせくる黃塵の彼方にうねる萬里の長城

砲彈の炸裂したる巨き穴に連翹ややに芽吹きそめ居り

喇嘛の御堂の片翳りして晝ふかし出で來る僧を待つ間久しき

媒けたる帷かかげて眼交せするに瞳こらせば陰陽の像

眼のかぎり荒るる曠野の雪しまきあらく車窓に吹き募り來る（興安嶺）

わが乘れる馬のたてがみに濡れそぼつ時雨つめたし深谿の岨（そば）

雪崩えし峰のなだりに立つ風の冷えまさり來て山は暮れたり

札蘭木特（ジャラムア）に入れば圣車の窓とちて眞晝おぐらき車輪の響

落日は包の煙りを朱に染めていや果の空に虹立てるみゆ（蒙 古）

言葉なく見かはすことの愛しさよ大陸の空晴れて澄みつぐ

대륙의 노래

가마다 사와이치로

소용돌이 쳐 밀려오는 황사먼지 저편에 굽이치는 만리장성

포탄 작열했던 커다란 구멍에 개나리 점차 싹터 물들었네

라마의 불당 한쪽 그늘에서 점심휴식을 취하러 간 스님을 한참 기다리네

가운데 장막을 올리고 서로 마주하여 눈을 집중하면 음양(陰陽)의 형상

보이는 모든 것이 거친 황야의 눈비 섞인 바람 차창에 점점 심하게 불어온다(홍안령)

우리가 탄 말 갈기는 물방울에 흠뻑 젖고 초겨울 비는 차갑기만 한 깊은 계곡의 벼랑

눈으로 무너진 봉우리 경사에 서니 차가운 바람이 더욱 심하게 불고 산은 날이 저문다

자란툰(札蘭屯) 목특(木特)에 들어가니 모든 차의 창문은 닫혀 한낮은 어둑하고 차바퀴의 울림만 가득

석양은 제방의 연기를 빨갛게 물들여 점차 저끝 하늘에 무지개를 그려 보인다.(몽고)

말없이 주고받는 시선의 사랑스러움이여! 대륙의 하늘 맑음으로 이어지네

東洋之光

二月號

京城 東洋之光社 發行

1939년 2월 『二月號』

2. 이광수(李光洙) — 「때맞춰 노래하라(折にふれて歌へろ)」

이광수(李光洙, 1892~1950)

시인, 소설가, 평론가, 언론인.

아명 이보경(李寶鏡). 호 춘원(春園), 장백산인(長白山人), 고주(孤舟), 외배, 노아자, 닷뫼, 당백, 경서학인(京西學人). 창씨명 가야마 미쓰로(香山光郞).

1892년 평북 정주(定州) 갈산면에서 태어났다.

1916년 와세다대학 고등예과를 수료한 후 와세다(早稻田)대학 철학과에 입학하였다.

1919년 재차 일본으로 건너가 도쿄(東京)유학생들의 「조선청년독립단 선언서」를 기초한 후 대학을 중퇴하고 상하이(上海) 임시정부에서 활약했다. 상하이에서 안창호를 만나 그의 민족운동에 크게 공명하여 안창호를 보좌하면서《독립신문》의 사장 겸 편집국장을 역임하였다.

1921년 4월 귀국하였고, 이후 1922년 논문 「민족개조론」을 「개벽」에 발표해 물의를 일으켰다.

1939년 친일어용단체인 <조선문인협회> 회장을 역임하였고, 「문장(文章)」 창간호에 단편 「무명」을 발표하였으며, 같은 해 일본어로 번역되었다.

1940년 경제적 어려움으로 <조선문인협회>를 탈퇴하였다. '가야마 미쓰로(香山光郞)'로 창씨개명하였다. 학병을 권유하는 강연을 다니기 시작했다.

1942년 대동아문학자대회 대회에 참가, 학병(學兵)권유 차 일본을 다녀왔다.

1943년 <조선문인보국회> 이사를 역임했다.

1949년 2월 반민족행위특별조사위원회(반민특위)에 체포되어 서대문형무소에 수감되었으나 3월 병보석 되었고, 8월 불기소 처분되었다. 12월 일제강점기 동안의 자신의 행적에 대한 경위를 밝힌『나의 고백』을 출간하였다.

1950년 7월 12일 납북(拉北)되었으며, 10월 25일 만포(滿浦)에서 병사하였다.

<일본어 작품>

1909년 - 「사랑인가(愛か)」(1909), 1936년 - 「만영감의 죽음(萬爺の死)」(「가이조(改造)」), 「진정 마음이 만나서야 말로(心相触れてこそ)」(「녹기(緑旗)」, 미완성), 「산사의 사람들(山寺の人々)」(《경성일보》), 「미지의 여인(見知らぬ女人)」, 1943년 - 「가가와교장(加川校長)」(「국민문학(国民文学)」), 「병사가 될 수 있다(兵になれる)」(「신타이요(新太陽)」, 「대동아(大東亞)」(「녹기」), 1944년 - 「사십년(四十年)」(「국민문학」), 「원술의 출정(元述の出征)」(「신시대(新時代)」), 「소녀의 고백(少女の告白)」(「신타이요」)

3. 이노우에 노리코(井上紀子) ー「지구의 한줄기 길(地球の一條道)」

이노우에 노리코(井上紀子)

교사

부산거류민이 세운 공립소학교인부산공립소학교(釜山公立小学校)가 개칭된 부산 제일 공립초등학교의 훈도(釜山第一公立国民学校訓導)로 재직하였다.

折にふれて歌へる

李　光　洙

天地のいづくはわが家ならざらむ仰ぐ御光杲てしあらねば

好き人の文讀む程に何時となく念佛申す身となりにけり

韓土の二千萬の民草と君わが君と仰ぎまつらむ

とこしへの濁りに喘ぐ黄河の流も澄みて往れた代となる

常闇の我が魂の夜も明けぬらむかの雲の端に映ゆる照

恩愛の縲絏ふてぞ恩愛のえにしのものを救ひこそせめ

われと云ふかたきを討ちて四十八年そのたへかひは去年も今年も

まごゝろのしめす眞にひたすらにわれは生きなむその日その日を

ひととせを又なすなくて過こしけりあくる年はと又經ひつゝ

때 맞춰 노래하라

이광수

천지의 어디가 나의 집이 될까 우러르는 천황의 위광 끝이 없으니
연인의 편지를 읽듯 언제랄 것 없이 염불을 외는 몸이 되었네
조선의 2천만 백성과 천황! 우리의 천황이라고 우러러 보네
영원히 홀로 괴로워하는 황하의 물결도 맑아져 기미가요가 되네
영원한 어둠 나의 영혼의 밤도 밝아오네 저 구름 끝에 타오르는 여명
은애(恩愛)의 굴레가 끊어졌네 은애의 인연이 된 자를 구하는 것
이야 말로 임무

내로라하는 적을 물리치려는 48년 그 싸움은 작년도 올해도
성심을 보이는 진심으로 일편단심 나는 살아가네 그날 그날을
한해를 또 무탈하게 지냈네 돌아오는 해에는 다시 맹세하며

──地球の一條道──

地球の一條道

井上　紀子

曇り日のなごみ心に乘り合はす人ら一つにゆられつつあり（以下慶州行）

地球表面の一條道かもひた進む吾がくるま早くして眼路にさやるなし

優美なる橋の名多しここに住む朝鮮の人にかかはりなげに

千年の文化さながらにあはむとす博物舘前にしばしを佇てり

門を入れば石芝とこのひか、んみのり朝鮮と思ふおもひかき消ゆ

グロテスクなる鬼瓦にも來し方のながさおぼえて頭を垂るる

自動車を待たせつつ見る飽石亭に曲水の宴はしのぶべからず

皇龍寺跡四天王寺跡の礎石は見つ垂り穂に夕映えのかゞやく中に

지구의 한줄기 길

이노우에 노리코(井上紀子)

흐린 날이 누그러져 마음을 함께 한 사람들이 하나로 흔들리네(이하 경주행)

지구표면의 한 줄기 길인가. 오로지 전진하는 우리 자동차 빨라서 시야에 거슬리지 않네

우미한 다리 이름이 많은 이곳에 사는 조선인과 상관없이

천년의 문화 모조리 만나게 하는 박물관 앞에서 잠시 멈춰서네

문을 들어가니 돌 잔디가 정돈되고 모과나무 열매가 있어 조선이라는 생각이 사라지네

그로테스크인 용마루 끝 기와에도 지난 세월의 오래됨을 느껴 머리가 숙여지네

자동차를 기다리며 본 포석정 곡수(曲水)의 연회는 그립기만 하네

고개숙인 이삭이 저녁놀에 빛나는 가운데 황룡사 유적, 시텐노지 유적의 초석을 보내

―地球の一條遺―

東洋一の天文臺と聞けど田のくまに傾きてあればじやまものの如し（醴尾臺）

つひに吾が登り極めぬ日本海の荒海の風呼吸もつけぬがに（吐含臺）

ひたむきに彫りし人を偲びて石佛の氣高さに對きて頭を下げにけり（石窟庵）

穹高く月照りわたり芭蕉葉の風にさやげば秋づけるかも（以下半島の秋）

群雲のうつろひそめば夕月夜やうやう白く照りまさりけり

戸のひまゆもるる月かげ吾が部屋をくぎりしままに光さだまる

虹の色に朝やけわたる秋空の霧にけぶれる遠き山山

菊も枯れてにはかに寒き庭の面朝霧の中に父立ちゐます

許されてはじめて立てば一つ窓ゆあほぎなれたる木木ひくく見ゆ（わが病癒ゆ）

日毎に肉づくを見る心足らひに雪ちらふ戸外に出でて見んとす

祝酒にひた醉ひながらつはものぞ擧手の禮して去り行きにけり（戰捷の新年）

女とし生れしかなしさしかすがに支那に娘子兵はありと云はずや

동양 제일의 천문대라고 들었지만 논 구석진 곳에 기울어져 있어 방해물 같네(첨성대)

결국 우리의 오르막에 다다랐네. 일본해의 거친 바닷바람 숨도 못 쉴듯이(토함대)

일편단심 조각한 사람들을 회상하니 석불의 고귀함에 머리가 숙여지네(석굴암)

하늘 높고 널리 달빛 비치니, 파초잎 바람에 바삭거리는 가을이 가까워질까(이하 반도의 가을)

떼구름이 변해 물들면 저녁달 드디어 하얗게 더욱 빛나네

문 사이 흔들리는 달그림자 우리의 방을 구획 지으며 일정하게 빛나네

무지개 색 아침놀 퍼지는 가을 하늘 안개에 흐려진 먼 산들

국화도 시들어 갑자기 추워진 정원 앞 아침안개 속에 아버지가 서 있네

허가받고 처음으로 서서보니 하나의 창에서 올려다 본 익숙한 나무들 낮게 보이네 (나의 병상에서)

날로 살찌는 것을 보며 마음 달래려 눈 뿌리는 문 밖으로 나가보려 하네

축하주에 흠뻑 취한 병사들이 거수의 경례로 사라져 가네(전율의 신년)

여자로서 태어난 슬픔 그렇지만 중국에 낭자군대(여군)도 있다고 말하지 않을 수 없네

東洋之光

三月號

發行 東洋之光社 京城

1939년 3월 『三月號』

4. 김용제(金龍濟) － 「아시아의 시(亜細亜の詩)」

김용제(金龍濟, 1909~1994)

시인·소설가, 평론가. 호 지촌(知村). 창씨명 가네무라 류사이(金村龍濟)

1909년 2월 3일 충청북도 음성에서 출생하였다.

1927년 일본으로 건너가 주오대학(中央大學)에서 수학하였다.

1930년 대학을 중퇴하고, 우유배달 등 노동생활을 체험하며 프롤레타리아 시(詩)운동에 투신하였다.

1931년 일본어 시 「사랑하는 대륙」을 전일본무산자예술연맹 동인지 「나프(NAPF)」에 발표한 후 등단하였다. 잡지 「신흥시인(新興詩人)」, 「문학안내」 등의 동인을 거쳐 <프로시인회>와 <일본시인회>의 간부를 비롯해 <일본작가동맹>의 서기 등을 역임하였다. <일본시인회>와 <일본작가동맹> 간부를 지낸 것과 경향적인 시를 썼다는 이유로 4년간 감옥살이를 했다.

1937년 강제송환 되어 귀국하면서 전향하였다. <조선문인보국회> 상임이사를 맡았고, 「동양지광(東洋之光)」의 편집주임을 맡았다.

1940년 1월 동양지광사 편집부장으로 활동하였다.

1942년 9월 <조선문입협회> 총무부 상무, 11월 <조선소국민문화협회>의 발기인으로 활동하였다.

1943년 일본어 시집 『서사시어동정(敍事詩御東征)』에서 일본천황을 찬양했다. 유진호, 최재서와 제2차 <대동아문학대회>에 참여하였고, 일본어로 된 시집 『아시아시집』으로 제1회 총독문학상을 받았다. 「동양지광」에

연재한 시들을 묶은 이 시집은 이광수가 '열렬한 일본 정신의 기백'이 있다고 평했을 만큼 친일성이 강한 작품이다.

1944년 6월 일본어 시집『보도시첩(報道詩帖)』에서 전쟁 지원, 일본화 등을 강변했다. 이러한 시집을 내면서 징병제 선전에 앞장섰다. 일본어소설「장정(壯丁)」(「국민문학(國民文學)」), 「여초(旅草)」(「홍아문화」)를 게재하였다.

1994년 6월 사망하였다.

5. 정지용(鄭芝溶) 저 · 김소운(金素雲) 역 － 「고향(ふるさと)」·「홍역(紅疫)」

정지용(鄭芝溶, 1903~1950)

시인

1903년 충북 옥천의 한 농가에서 태어났다.

1923년 4월 장학생으로 일본 교토의 도시샤(同志社)대학 영문과에 들어가 졸업하였다. 유학중 계속해서 시를 창작하여 『近代風景』에 「슬픈 인상화(悲しき印象画)」, 「이른 봄날 아침(早春の朝)」, 「가모가와(鴨川)」 등을 발표하였다.

1929년 도시샤대학을 졸업하고 귀국하여 묘교인 휘문고등보통학교(徽文高等普通学校)에서 영어교사로 근무하였다.

1930년 박용철·김영랑·이하윤 등과 함께 『시문학(詩文学)』동인이 되었고, 1933년 이무영·유치진·이효석·이상·김기림·이태준·박태원 등과 순수문학을 표방한 <구인회(九人會)>를 결성하였다. 이외에 『カトリック青年』, 『詩と小説』, 『京郷雑誌』, 『文章』 등의 편집에 참여하기도 하였다.

1950년 한국전쟁이 발발하자 구속되어 박영희·정인택·김기림과 함께 서대문형무소에 수감되었다. 평양감옥에 이감되어 '월북작가'로 분류된

이후 자세한 사항은 알려져있지 않다.

김소운(金素雲, 1907~1981)

시인·수필가

본명 김교중(金敎重). 개명은 김소운(金素雲). 호는 소운(巢雲), 필명은 삼오당(三誤堂), 데쓰 진페이(鉄甚平)

1907년 부산 영도에서 태어났다.

1919년 옥성보통학교 4년을 중퇴하고 1920년 일본으로 건너가 도쿄 가이세이중학교(開成中學校) 야간부에 입학하였다가, 1923년 관동대지진으로 중퇴하고 오사카 숙부집에서 반년을 지내다가 귀국하였다. 언론인 김학수 씨 소개로 교도통신(共同通信)의 전신인 데이코쿠통신(帝国通信)에 입사하여 전문(電文)을 원고에 옮겨 쓰는 일을 하였다.

1926년 8월 다시 일본으로 건너가서, 도쿄 부근에 기거하는 교포노동자들을 찾아다니며 구전민요(口傳民謠) 채집에 몰두하였다.

1927년 시라토리 쇼고(白鳥省吾)가 주재하는『地上の樂園』에『조선의 농민가요(朝鮮農民歌謠)』를 번역, 소개하였다.

1929년 <조선민요집(朝鮮民謠集)>을 간행하고, 10월 귀국하였다.

1931년 11월 신문사를 그만두고 다시 일본으로 건너간다.

1933년 기타하라 하쿠슈(北原白秋)와 이와나미 시게오(岩波茂雄)의 후원으로『조선구전민요집(朝鮮口傳民謠集)』,『조선동요선(朝鮮童謠選)』,『조선민요선(朝鮮民謠選)』을 간행하였다. 하기와라 사쿠타로(萩原朔太郎)와 친교를 맺었다. 이후 귀국하여 소년잡지『아동세계(兒童世界)』,『신아동(新兒童)』,『목마(木馬)』등을 4년 동안 간행하였다.

1940년 5월 다시 일본으로 건너가 일역시집『조선시집(朝鮮詩集)』을 번역 출간하였다.

1941년『조선민요집(朝鮮民謠集)』,『우윳빛 구름(乳色の雲)』을 일문으로 번역하였다.

1942년 필명 데쓰 진페이로『온다 모쿠(恩田木工)』,『사화; 삼한 옛이야기(史話; 三韓昔語)』,『푸른 잎사귀(青い葉つぱ)』를 발표하였다.

1943년『조선사담(朝鮮史譚)』, 동화집『황소와 검은소(黃牛와 黑牛)』,『조선시집(朝鮮詩集)』을 출판하였다.

1944년 동거하던 오가와시즈코와의 관계를 청산하였고, 1945년 1월, 북만주로 여행을 떠나 시인 청마 유치환과 하얼빈에서 재회한 후 김해에서 지내다 강원도 월정사로 입산 3일전에 8.15해방을 맞게 되었다.

이후『馬耳東風帖』(1952),『ネギをうえた人 朝鮮民話選』(1954),『ろばの耳の王さま 韓国昔話』(1953),『朝鮮詩集』(1953),『朝鮮詩集』(1954),『恩讐三十年』(1954),『希望はまだ棄てられない』(1955),『三誤堂雑筆』(1955),『アジアの四等船室』(1956),『端宗六臣』(1957),『民族の日蔭と日向』(1957),『精解韓日辞典』(1968),『日本という名の汽車』(1974),『近く遥かな国から』(1979),『こころの壁 金素雲エッセイ選』(1981),『霧が晴れる日 金素雲エッセイ選2』(1981),『未堂・徐廷柱詩選－朝鮮タンポポの歌(訳)』(1982),『天の涯に生くるとも』(1983) 등을 간행하였다.

1981년 11월 세상을 마감하였다.

6. 모윤숙(毛允淑) 저·김소운 역 －「장미(薔薇)」

모윤숙(毛允淑, 1909〜1990)

시인, 필명 영운(嶺雲), 모악인(母岳人), 모악산인(母岳山人)

1909년 함경남도 원산에서 출생했다.

1927년 이화여자전문학교 영문과를 졸업한 후, 1931년 명신여학교(明

信女學校), 1932년 배화여자고등보통학교((培花女子高等普通學校) 교사로 재직했다.

1934년 12월부터 1938년 3월까지 극예술연구회 동인을 지냈고, 1935년 경성중앙방송국에 취직했다.

1938년 1월부터 4월까지『삼천리문학』에서 근무했다. 1940년 2월 조선 문인협회 문필부대로 육군지원병훈련소 1일 입소에 참여했다.

1940년 11월 조선문인협회 간사로 1943년 4월까지 활동하였다.

1941년「지원병에게」(『삼천리』),「아가야 너는 ─ 해군 기념일을 맞이하여」 (『매일신보』)를 발표하였으며, 조선임전보국단의 경성지부 발기인 겸 산 하 부인대의 간사를 겸임하여 일제에 협력하는 글쓰기와 강연 등 각종 활 동에 참여하였다.

1949년『문예(藝術)』를 창간했으며, 1951년 이화여자대학에서 강의와 창작활동을 병행하였다.

1963년 예술원상 문학부문상을 수상하였고, 1969년 여류문인협회 회장 을 맡았다. 1970년 시집『풍토』와 수필집『밀물 썰물』을 발간하고, 국민훈 장 모란장(牡丹章)을 받았다. 같은 해 민주공화당의 전국구 국회의원 등을 역임했으며, 1973년『호반의 목소리』를 출간하고, 한국현대시협회 회장에 추대되었다. 1977년 5월 이화여자대학교에서 명예문학박사 학위를 받았 다. 1979년『황룡사 9층 석탑』으로 3·1문화상을 수상했다. 1980년 문학진 흥재단 이사장을 맡았다. 1982년『모윤숙 전집』, 1986년『영운 모윤숙 문 학전집』이 간행되었다. 1987년 대한민국예술원 원로회원이 되었다. 1990년 6월 7일 사망했으며, 다음 날 대한민국 금관문화훈장이 추서되었다. 저서 로는 1959년 시집『정경(情景)』, 1964년『구름의 연가(戀歌)』, 1970년『풍 토(風土)』 등이 있고, 1974년 서사 시집『논개(論介)』, 1953년 수필집『내 가 본 세상』, 1960년『포도원』이 있다. 이밖에 1974년『모윤숙 시 전집』과 1982년『모윤숙 전집』, 1987년『국군은 죽어서 말한다』 등이 출판되었다.

亞細亞の詩

私は百パーセントに故郷の
米の味を知りたい！

金　龍　濟

ウラル山脈の地平線には
晩鐘の哀音も黃昏の中に消えて
西洋の「太陽は既に衰してゐる！」
それはニイチエの狂はしい豫言ではない
亞細亞の野人の謙虛な弔詞なのだ

西洋文明の祖父なるアリストテレースは
「亞細亞人は、本來奴隷的」だと放言した
我等は奴隷でない誇りを主張する前に
如何にこの暴言の秩序に忠實であつたか
かの文明を恐怖し崇拜したばかりではない
天惠の美酒の如く醉びどれ
奴隷の如く惰眠を貪つて來たのだ！

아시아의 시

나는 100% 고향의 쌀 맛을 알고 싶다!

김용제

우랄 산맥의 지평선에는
만종의 슬픈 소리도 황혼 속으로 사라져
서양의 "태양은 이미 몰락하고 있다."
그것은 니체의 미친 예언이 아니다.
아시아 야인의 겸허한 조사(弔詞)인 것이다.

서양문명의 조부인 아리스토텔레스는
"아시아인은 본래 노예적"이라고 멋대로 지껄였다.
우리들은 노예가 아니라는 긍지를 주장하기 전에
얼마나 이 폭언이 질서에 충실하였는가
그 문명을 두려워하고 숭배한 것만은 아니다
천혜의 좋은 술에 취하여
노예와 같이 낮잠을 자온 것이다.

―詩の亞細亞―

西洋の太陽が沒した闇の中に
文明の神は惡魔の踊りを踊つてゐる
我等が文明の醉ひから醒めた時
自由主義のレッテルは奴隷章と化してゐた
社會主義のテーゼは獨裁者の法典に變つてゐた
我等は迷つた　我等は若しんだ
或るものは絶望に泣き悶え
或るものは文明の血を吐いて地上に倒れた

それは笑へぬナンセンス
それは悲しき奴隷のロマンチズム

しかしここに一つの歷史がある　一つの現實がある
ここに亞細亞より世界への地圖がある
我等がさまよふ野も逃む道も亞細亞の天地だ
我等が生れて生き且つ死ぬ地もこの亞細亞だ

서양의 태양이 침몰한 어둠속에
문명의 신은 악마의 춤을 추고 있다.
우리들이 문명에 취했다가 깨었을 때
자유주의 레테르는 노예장으로 변해있었다
사회주의 테제는 독재자의 법전으로 바뀌어 있었다
우리들은 방황했다. 우리들은 괴로워했다.
어떤이는 절망에 울며, 몸부림치고
어떤이는 문명의 피를 토하고 지상에 쓰러졌다.

그것은 웃지 못할 넌센스
그것은 슬픈 노예의 로맨티시즘

그러나 여기에 하나의 역사가 있다. 하나의 현실이 있다.
여기에 아시아로부터 세계로 가는 지도가 있다.
우리들이 방황하는 들판도 나아가는 길도 아시아 천지다.
우리들이 태어나 살고 더욱이 죽을 땅도 이 아시아다

我等が奴隷の夢から醒めた夜――
亞細亞の地熱は故郷の愛の温かさを
疲れて冷えた子らの背へちかに與へてくれてゐる
亞細亞の美しい星の光りが
仰向けの顔に忘れた歌を囁いてゐる
ああ、母なる亞細亞の懷しい自然のふところよ
いのちの故郷よ、魂の故郷よ、文化の故郷よ
懐き亞細亞は我等の母だ
新らしき亞細亞は我等の同胞だ

ここに静かな生命の呼び聲がある
「懐き亞細亞の故郷へ遷れ！
そして新らしき亞細亞精神に生きよ！」
印度の森林にそれは響いてゐる
楊子江のほとりにそれは起つてゐる
鴨綠江の波にそれは湧いてゐる
富嶽の頂きにそれは叫んでゐ

우리들이 노예의 꿈에서 깨어난 밤.
아시아의 지열은 고향 사랑의 온기를
피곤하고 차가워진 아이들 등에 직접 쬐어주고 있다.
아시아의 아름다운 별빛이
올려다 본 얼굴에 잊었던 노래를 속삭이고 있다.
아아! 어머니같은 아시아의 그리운 자연의 품이여!
생명의 고향이여! 영혼의 고향이여! 문화의 고향이여!
오랜 아시아는 우리들의 어머니다.
새로운 아시아는 우리들의 동포다.

여기에 조용한 생명의 외침 소리가 있네
"오랜 아시아의 고향으로 돌아가라!
그리고 새로운 아시아 정신으로 살아가자!"
인도의 삼림에 그 소리는 울려 퍼지고 있다.
양자강 부근에 그 소리는 일어나고 있다.
압록강 물결에 그 소리는 들끓고 있다.
후지산 정상에서 그 소리는 외치고 있다.

――詩の亞細亞――

ここに壯烈な進軍ラッパの響きがある
祖國と人類の爲をかけた支那事變が燃えてゐる
そこに我等の生き方の運命と歷史が作られてゐる
それは亞細亞人同志のただの戰爭ではない
亞細亞平和への悲壯な前夜の嵐であるのだ

私は今日の戰爭詩を歌ひたい
私は明日の建設詩を歌ひたい
それは詩の政治化への前轍ではない
それは大きな現實への詩神の戀あたりなのだ

私は亞細亞の復興のために戰ひたい
同時に新らしい亞細亞精神を靜かに創造したい
私は日本國民の愛國者として仕事をしたい
同時に新らしい日本精神を深く學びたい
私は朝鮮民衆の眞の幸福のために働きたい
同時になつかしい子守唄を無邪氣に歌ひたい
そこに私は感情の矛盾を少しも感じてはゐない

여기에 장렬한 진군나팔의 울림이 있다.
조국과 인류의 희망을 건 만주사변이 불타고 있다
거기에 우리들의 살아갈 운명과 역사가 만들어져 있다.
그것은 아시아 동지의 단순한 전쟁이 아니다.
아시아 평화에의 비장한 전야의 폭풍인 것이다.

나는 오늘의 전쟁시를 노래하고 싶다.
나는 내일의 건설시를 노래하고 싶다.
그것은 시의 정치화에의 전철(前轍)이 아니다.
그것은 거대한 현실의 시정신의 혼신인 것이다.

나는 아시아 부흥을 위해 싸우고 싶다.
동시에 새로운 아시아 정신을 조용히 창조하고 싶다.
나는 일본 국민의 애국자로서 일하고 싶다.
동시에 새로운 일본정신을 깊이 배우고 싶다.
나는 조선민중의 참 행복을 위해 일하고 싶다.
동시에 그리운 자장가를 천진난만하게 노래하고 싶다.
거기에 나는 감정의 모순을 조금도 느끼고 있지 않다.

―詩の亞細亞―

そこには美しい亞細亞的な調和があるのみだ

英雄主義の姿想は青年の昨日の夢である
テロリストの妄想は無頼漢の昔の熱病である
私は人間として飜んに働き
詩人として靜かに歌ひたい

西方の太陽は既に沒してゐる
黄昏の影に思ひ出を眠らせよ
東方の太陽は既に夜明けを告げてゐる
ここに亞細亞の新らしい詩を讃へよ！

私は理論や思想としての亞細亞主義を學びたい
同時に言ふに言はれぬ亞細亞の詩趣を味はひたい
亞細亞の味は米の味に似てゐるかも知れない
味ある如く味なき如き生命の糧よ
私は百パーセントに
故郷の米の味を知りたい！

（昭和十四年二月）

거기에는 아름다운 아시아적인 조화가 있을 뿐이다.

영웅주의 공상은 청년의 어제의 꿈이다.
테러리스트의 망상은 무뢰한의 옛날 열병이다.
나는 인간으로서 열심히 일하며
시인으로서 조용히 노래하고 싶다.

서방의 태양은 이미 몰락하고 있다.
황혼의 그림자에 추억을 잠들게 하라.
동방의 태양은 이미 여명을 고하고 있다.
여기에 아시아의 새로운 시를 찬미하라!

나는 이론과 사상으로 아시아주의를 배우고 싶다.
동시에 말할 수 없는 아시아의 시적 정취를 맛보고 싶다.
아시아의 맛은 쌀 맛과 닮아있을지도 모른다.
맛이 있는 것 같으면서도 맛이 없는 것 같은 생명의 양식이여.
나는 백퍼센트
고향 쌀 맛을 알고 싶다!.

(1939년 2월)

——愛吟詩鈔——

愛吟詩鈔

金 素 雲

朝鮮語による詩作品を移譯して、中央詩壇へ紹介したい希望は十年來の宿願であるが（昭和四年十月、中央日報學藝面小稿『詩垣』一阅皆二六回）昔ひ易くして爲し難く、未だに果されぬままとなつてゐる。咋年の春、岩波文庫の一冊に「朝鮮現代詩選」が企てられ、鄕愁薄と懇請、人選其他の手筈を整へたところ、はからずも資料を蒐官すべき朴龍詰の急逝に遭ひ、又々虚挫となったが、何れこれは貫現されるとして、荒當り手慣しの下心から、每月數篇づゝ手をつけてみることゝした。文字通りの試譯で、年代にも配列にも何等順序を設けてゐない。克明な逐語課あり、思ひきつた意課もあるが、課は詩そ れ〳〵の獨自な脊氣を失はざらむために窗を用ひたに過ぎない。それゆえにこゝに譯されたのが、必ずしもその詩人の代表作といふわけではない。

ふるさと

鄭 芝 溶

ふるさとに　かへり來て
ふるさとの　あくがれわびし。

雛いだく野雉は　されど
ほとゝぎす　すゞろに啼けど、

고향

정지용 / 번역 김소운

조선어로 써진 시 작품을 번역해서 중앙시단에 소개하고 싶은 희망은 10년이래의 의도였는데(1929년 10월, 쇼와 4년 10월 중알일보 학예면 소고 「시단 모퉁이 한마디」, 6간) 말하긴 쉽지만 이루기 힘들어 아직까지 이루지 못한 채였다. 작년 봄, 이와나미 문고 한권으로 『조선현대시선』이 기획되어 정지용과 ■■, 인선 그 외의 수고를 정리하였을 때 뜻밖에도 자료를 담당한 박용길의 급절에 의해 다시 좌절했다. 하지만 이제 이것을 실현시키겠다고 우선 손에 익은 것을 미리 생각한 계획아래 매월 몇편씩 손을 대보기로 하였다. 문자 그대로 시험삼은 번역으로 연대도 배열도 어느 것 하나 순서를 마련하지 않았다. 극명한 술어 번역이며 큰 맘 먹은 의역도 있지만 요컨대 시는 각각 독백같은 무사태평을 상실하지 않기 위해 의미를 사용한 것에 지나지 않는다. 더욱이 작품에 대해서는 하나하나 작자에게 알리지 않은 사정이 있다. 그 때문에 여기에 번역된 것이 반드시 그 시인의 대표작인 것은 아니다.

고향에 돌아오니
고향의 동경 쓸쓸하네.

새끼 품은 산꿩은 있고
두견새 그저 울지만

ふるさとは こゝろに失せて
はるかなる港に 雲ぞ流れる。

けふ また山端に ひとり行めば
花一つ あえかに笑まひ、

かのころの草笛 いまは鳴らず
うらぶれし くちびるに 味気なや。

ふるさとに かへり來たれど
ふるさとの空のみ蒼し 空のみ蒼し。

紅　疫

石炭の中より燃えさかる
太古然たる火を圍み
十二月の夜は しづかにあとへすさる。

玻瑠も光らず
窓帳も深く垂れたまゝ
戸には門の さゝれたまゝ

蜜蜂の群のごと、
吹雪は縺れさゞめき、
いまづくの里に 紅疫は爛爛と 燃えて爛燬たり。

고향은 마음을 잃고
먼 항구에 구름이 떠도네

오늘 다시 산 끝에 홀로 멈춰서면
꽃 한송이 가냘프게 미소 짓고

그 시절 풀피리 지금은 울리지 않고
근심걱정으로 입술에 맛이 없다.

고향에 돌아왔지만
고향하늘만이 창백하고 하늘만 파랗네

홍역

석탄 속에서부터 불타오르는
태고연(太古然)의 불을 둘러싸고
12월의 밤은 고요히 물러 앉는다

수정(玻璃)도 빛나지 않고
창문의 장막도 깊이 내려진 채로
문에는 빗장이 끼인 채로

꿀벌떼처럼
눈보라를 동반하여 수군거리고
지금 어느 마을에 홍역(紅疫)은 철쭉처럼 타올라 난만(爛漫)하다

薔薇

毛　尤　淑

わがこゝろの片へ
ひそやかなる蔭にぞ
さうびは咲く。

夜闌からず、
星遠からず、
さうびは夜も　いねざるなり。

杜なき荒野
天の拓けざる道、
風の通はざる丘、
さうびは　幽き　江邊にぞ立つ。

汝が根は　わがいのちに倚りたり。
わが眠とさゝる前に
汝は得去らじ。

汝はわが裡に在りてぞ咲く
淙なく、雨なく、空なきところ
幸源きわがこゝろに宿りてぞ咲く。

夜闌からず。
星遠からず。
汝は夜も　いねざるなり。

장미

모윤숙

내 마음 한편
호젓한 그늘에
장미가 핀다

밤은 어둡지 않고
별은 멀지 않다
장미는 밤에도 자지 않는다

숲 없는 황야
하늘 개척되지 않은 길
바람 불지 않은 언덕
장미는 검은 강가에 서있다

너의 뿌리는 내 생명에 의지 하였으며
내눈이 감기기 전에 너는 떠나지 못하리

너는 나의 뇌리에서만 핀다
봄 없고, 비 없고, 하늘 없는 곳
불행한 내 마음에 의지하여 핀다

밤은 어둡지 않고
별은 멀지 않다
너는 밤에도 지지 않는다

1939년 4월 『四月號』

7. 김용제(金龍濟) - 「내선일체의 노래(內鮮一體の歌)」

8. 노천명(盧天命) 저 · 김소운 역 - 「황마차(幌馬車)」 · 「사슴(鹿)」

노천명(盧天命, 1911~1957)

시인, 수필가, 언론인. 아명 기선(基善). 세례명 베로니카(Veronica)

1911년 9월 황해도 장연군(長淵郡)에서 태어났다.

1920년 아버지가 사망하자 가족 모두 경성으로 이사하여 진명보통학교(進明普通學校)에 입학하였다.

1930년 진명여학교(進明女學校)를 졸업하고, 이화여자전문학교(梨花女子專門學校) 영문과에 입학하였다.

1933년 <조선아동예술연구협회>에 발기인으로 참여했다.

1934년 이화여자전문학교 영문과를 졸업하고, 《조선중앙일보》 학예부 기자가 되었다.

1935년 「시원(詩苑)」 창간호에 「내 청춘의 배는」을 발표하여 문단에 등단했다. 10월 여성잡지 「신가정(新家庭)」에 단편 「하숙(下宿)」을 발표하였다.

1936년 「하숙(下宿)」이 일본어로 번역, 발표되었다.

1937년 조선중앙일보사를 퇴사하고, 조선일보사에서 발행한 잡지 「여성」의 편집을 맡았다.

1938년 <극예술연구회>에 참가하여 체호프의 <앵화원>에 출연했으며,

잡지 「신세기」 창간에 참여하기도 하였다. 대표작인 「사슴」이 실려 있는 시집 『산호림(珊瑚林)』(1938)을 펴냈다.

1941년 <조선문인협회> 간사로 일하며 「결전문화대강연회(決戰文化大講演會)」에서 시를 낭독했다. 12월에는 <조선임전보국단(朝鮮臨戰報國團)> 산하 부인대(婦人隊) 간사가 되었다.

1943년 매일신보사 학예부 기자로 활동했다. 5월 인문사(人文社)의 의뢰로 함남여자훈련소를 참관한 후 「국민문학」에 「여인연성(女人鍊成)」을 발표했다.

1945년 시집 『창변(窓邊)』을 펴냈고, 해방 직후에는 <건국부인동맹> 결성 준비위원회에 전형위원으로 참가했으며, 《서울신문》문화부에서 근무하였다.

1946년 서울신문사를 사직하고, 《부녀신문》에 입사하여 편집부 차장을 역임했다.

1950년 <한국전쟁> 때 피난을 가지 못하고 서울에 남아 있다가 6월 하순경 임화(林和) 등이 주도하는 <문학가동맹>에 참여했으며, 문화인 총궐기대회에 참가하여 결의문을 낭독했다. 또한 8월 초순경 김철수(金綴洙)의 「남으로 남으로」라는 '괴뢰시'를 낭독했다는 혐의로, 9월 서울 수복 후 <부역자처벌 특별법>에 의해 중앙고등군법회의에 회부되어 징역 20년형을 선고받고 서대문형무소에서 옥고를 치렀다.

1951년 4월 출감한 후, 가톨릭에 입교하여 영세를 받았다.

1952년 자신의 부역 혐의에 대한 해명의 뜻을 담은 「오산이었다」를 발표했다.

1953년 「영어(囹圄)에서」 등 옥중시(獄中詩) 20여 편을 포함한 시집 『별을 처다보며』를 발간했다.

1955년 『여성서간문독본(女性書簡文讀本)』 등 몇 권의 수필집을 발간했다. 서라벌예술대학에 강사로 출강하며 중앙방송국에 촉탁으로 근무했고, 이화여자대학교 출판부의 『이화 70년사』의 간행을 맡았다.

1957년 『이화 70년사』의 무리한 집필로 몸이 극도로 쇠약해져 12월 서울 위생병원에서 뇌빈혈로 사망하였다.

시집으로는 『창변(窓邊)』(1945), 『별을 쳐다보며』(1953), 『사슴의 노래』(1958) 등이 있다.

9. 유치환(柳致環) 저 · 김소운 역 － 「깃발(旗)」 · 「생명의 서(生命의 書)」

유치환(柳致環, 1908~1957)

시인, 극작가, 교육자

1908년 경남 통영군 태평동에서 한의(漢醫) 유준수(柳焌秀)의 8남매 중 차남으로 태어났다.

1922년 통영보통학교 4학년을 마치고 일본으로 건너가 도요야마 중학[豊山中學]에 입학했다.

1926년 아버지의 사업 실패로 귀국하여, 동래고등보통학교에 편입해 졸업했다.

1927년 연희전문학교에 입학했으나 1학년 때 중퇴했으며, 사진관을 경영하는 등 여러 직업을 전전하였다.

1937년 통영협성상업학교 교사가 된 후 교육계에 종사했다.

1940년 가족을 거느리고 만주 옌서우 현[煙首縣]에 가서 농장관리인으로 일하였다.

1945년 8·15해방 직전에 귀국하여 통영여자중학교 교사로 근무했으며,

조선청년문학가협회 회장 등을 역임했다.

1950년 서울특별시 문화상을 수상하였다.

1954년 경상남도 안의중학교 교장에 취임했고, 같은 해 대한민국 예술원 회원이 되었다.

1958년 자유문학상, 1962년 대한민국 예술원상과 부산시 문화상 등을 받았다.

첫 시집 『청마시초』(1939)를 비롯해 『생명의 서』(1947), 『울릉도』(1947), 『보병과 더불어』(1951), 『예루살렘의 닭』(1953), 『청마시집』(1954), 『뜨거운 노래는 땅에 묻는다』(1960), 『미류나무와 남풍』(1964) 등이 있다.

內鮮一體の歌

金龍濟

一

ここ朝鮮の　中つ原
南山の杜に　宮高く
獎忠の丘は　博文寺
曇靑に丹　棟に涌く

お お神の國　とこしへに
內鮮一體　旗を見よ

二

今や亞細亞の　風雲は
試練に燃ゆる　非常の秋
皇軍百萬　大陸に
祖國の聖戰　おし進む

내선일체의 노래

김용제

<1>

여기 조선의 벌판 가운데
남산 숲에 신궁은 높고
장충단 언덕에는 박문사(博文寺)
운청에 단 용마루 들끓네
　아아, 신의 땅 영원히
　내선일체 깃발을 보라

<2>

지금이다 아시아의 풍운은
시련에 불타는 비상의 가을
황군 백만 대륙에
조국의 성전 밀고 나아가네

おお半島は　銃後の關
内鮮一體　旗を見よ

三

カチカチカチと　勝ち誇る
おお彌生の　櫻花
内鮮一體　旗を見よ

幸ある鳥の　鵲は
壞繫つ民の　歌に舞ひ
大空晴れて　鵠のごか

四

皇國臣民の　誓ひ持て
我等二千萬　もろ共に
東洋平和の　道を行かん
忠義と理想の　足どりは
おお八紘一字　みいづなる
内鮮一體　旗を見よ

아아, 반도는 후방의 관문
내선일체 깃발을 보라

<3>

넓은 하늘 맑고 학은 한가로이
파괴 공격하는 백성의 노래에 춤추고
행운의 새 까치는
까치 까치 까치* 승리를 자랑한다
아아, 야요이(弥生)의 벚꽃
내선일체 깃발을 보라

<4>

우리 2천만 모두 함께
황국신민의 맹세를 가지고
충의와 이상의 발걸음은
동양평화의 길을 가자
아아, 팔굉일우 천황의 휘광인
내선일체 깃발을 보라

---

* "까치, 까치, 까치"는 까치의 우는 소리를 표현한 이 시어는 일본어 "カチ
カチカチ"로 승리를 뜻하는 동음이의어 '勝ち'의 의미를 덧붙인 것으로
여겨진다.

愛吟詩鈔 (2)　素雲　譯

幌馬車　盧天命

汽車が渡る——帯の幅ほどある江に架けられた鉄橋を
こゝから先はもうよその國
味氣なや、鼻たれのまゝどとよりもうらはかなや。

幌馬車に搖られていつそそアガウギでもしやぶりませしよ、
カチューシヤの頭巾をしてこんな驅けらしてゝたいな、
けふの公爵はあと追はないのがさみしかろ。

わたしはこゝの冒瀆を知らない！
胡人の棺が並んだ野面を馬車は驅ける、驅ける、

황마차

노천명 著

김소운 譯

기차가 건넌다 - 허리띠 폭 정도의 강에 걸린 다리를
여기서부터 앞쪽은 이제 타국
싱거워라, 코흘리개 소꿉놀이보다도 덧없구나

황마차에 흔들려 차라리 아가위나 씹자
카추샤의 두건을 쓰고 이렇게 달려보고 싶구나.
오늘 공작(公爵)은 뒤 따라 오지 못해 쓸쓸하겠지

나는 이 나라 말을 모른다.
호인(胡人)의 관이 늘어선 들판을 마차는 달리고 달리오.

瞼い野に放しても放たれぬはところのきづな、
シガーも吸へず―
口笛も吹けず――。

鹿

かなしきは汝が頸ぞ
つゝましうものさへ言はず
瞬に香ふ冠あはれ
ゆかしともいみぢき性よ
氏育ち慍びこそすれ。

水の面にうつるわが影
みつむればふるさとこひし
想ひ出は遠き日のゆめ
佗びてこそ頸さし上げ
いや果ての山脈を見るかな。

넓은 들판에 버릴래야 버릴 수 없는 것은 마음의 인연
여송연 피울 줄 모르고
휘파람도 못 불고......

사슴

슬픈 것은 너의 모가지여
수줍은 말 한마디 하지 않고
사슴의 향기로운 관의 가련함
우아하고도 대단한 천성이여
가문의 성장을 그리워하는 것이로구나

수면에 비추는 자신의 그림자
들여다보면 고향 그리워
추억은 멀고 먼 날의 꿈
쓸쓸한 정취를 담아 목을 들어올리고
아니 저 끝의 산을 보는 것인가

―― 愛 吟 詩 抄 ――

旗

柳 致 環

こは聲なき叫びなり、
かの海原に打ちふる永遠なるノスタルチヤーの手巾なり、
純情の沙に似て風に飜り
ひたすらに淨くま直ぐなる理念の橡木の上に
哀愁は白鷺のごと雙羽をひらく。

あゝ、誰ぞ
かくもせつなくかなしき想ひを
最初に空へ掲げたる人は――。

生 命 の 書

蜒々たる亞細亞の巨大な地熱――アルタイの氣脈が
やがて、わが輝の小さく寵らゝなる丘陵にも及べるに似て
この日わが血管に脈々と息づく

깃발

유치환

이것은 소리없는 아우성
저 넓은바다로 세차게 흔드는 영원한 노스탤지어의 손수건
순정의 바닷물과 닮아 바람에 나부끼고
오로지 맑고 곧은 이념의 푯말 위에
애수는 백로처럼 양 날개를 편다

아아! 누구인가
이렇게도 애달프고 슬픈 마음을
처음으로 하늘에 매달아 올린 사람은 ─

생명의 서

뻗고 뻗은 아시아의 거대한 지벽 ─ 알타이의 기맥이
드디어 내 고향의 조그맣고 고운 구릉에도 도달한 것을 닮아
오늘 나의 혈관에 맥맥히 숨쉬고

——愛吟詩鈔——

遠き原始、わが種族の鬱々たる性格を、今ぞ知る！
人語鳥喘く原始林の繁深き堆凖な朝を擂きわけ
毛深きわが祖先が颱湲たる闘爭の生活を創めたる日より
たゞこれ收殘は罪惡たりし。

われいま　人類の蓄積たる文明の康衢に立ちて
なほ且つ未開人の曖昧にも似たる勃物たる生命の身じろぎはあり！
頭を擧ぐれば光明に瀰漫たる樹上に一訳の裳
おのがじし「生」の喜悦に口笛は鳴り
來たる日の充ち滿ちたる闘志に備へて行むなり
かくて後の日悔恨なき情悍たる血汐が
屍と伏すわが尺土を彩るとも
おゝ向日葵のごと燃ゆる太陽よ
わがよき仇敵と大地にいよゝ燦がに照り注げかし。

——（つとく）——

먼 원시, 우리 종족의 우울한 성격을, 지금에서야 안다!

인어조 우는 원시림의 안개 깊은 웅혼한 아침을 헤치고

털 많은 우리 조상이 광막한 투쟁의 생활을 시작한 날부터

오로지 이 패잔은 죄악이었다

나는 지금 인지의 축적인 문명의 거리에 서고

그래도 아직 미개인의 몽매(蒙昧)와 닮은 왕성한 생명의 움직임은 있다!

머리를 들면 광명에 정처없이 떠도는 나무위에 한점의 구름

제각기 '생'의 희열에 휘파람 불고

다가온 날을 위한 충만하게 넘치는 투지를 준비하며 잠시 멈춰선다

이렇게 훗날 회환(悔恨)없는 정한(精悍)한 피가

시체로 쓰러질 우리 척토(尺土)를 비친다 해도

아아! 해바라기처럼 불타는 태양이여

우리의 원수와 대지위에 드디어 빛나며 찬란하게 비추라

－(계속)－

東洋之光

東亞新建設大特輯

五月號

京城　東洋之光社　發行

1939년 5월 『五月號』

10. 김용제(金龍濟) – 「양자강(揚子江)」

11. 주요한(朱耀翰) 저 · 김소운 역 – 「비(雨)」

주요한(朱耀翰, 1900~1979)

시인, 언론인, 정치인

1900년 평안남도 평양에서 출생했다.

1912년 평양 숭덕소학교(崇德小學校)를 졸업하였다.

1918년 일본 메이지학원 중등부를 졸업했다.

1919년 도쿄 제1고등학교를 졸업했다.

1919년 5월 상하이로 넘어가 8월 대한민국임시정부 기관지 『독립』의 편집을 맡았다.

1920년 2월 흥사단에 입단했다.

1920년 9월 상하이 후장대학[滬江大學] 공업화학과에 입학했다.

1924년 10월부터 1936년 6월까지 문예지 『조선문단』의 동인으로 활동했다.

1925년 6월 후장대학을 졸업하고 난후 난징 동명학원(東明學院)에서 1년간 영어 교사를 지냈다.

1926년 5월 발간된 수양동우회(修養同友會)의 기관지 『동광(東光)』의 편집인 겸 발행인이었다.

1927년 7월 동아일보사 학예부장, 평양지국장, 편집국장으로 일하다가 1932년 11월 퇴사했다.

1929년 동아일보 편집국장 논설위원을 맡았다.

1933년 조선일보 편집국장 전무를 역임하였다.

1939년 10월 조선문인협회 창립 때 간사를 맡았다.

1941년 8월 임전대책협의회(臨戰對策協議會) 결성식에 참석해 준비위원으로 선출되었고, 9월 조선임전보국단 발족 때 경성지부 발기인으로 활동했다.

1943년 4월 조선문인보국회의 이사 겸 시부(詩部) 회장을 맡았다.

1944년 4월 조선문인보국회 평의원, 9월 국민동원총진회 발기인 및 상무이사를 맡았다.

1947년 대한무역협회 회장을 역임하였다.

1958년 민주당의원을 역임했고, 1960년 상공부장관을 지냈다.

「불놀이」(1919)를 비롯해 「새벽 꿈」, 「하얀 안개」, 「선물」을 『창조』창간호에 실었고, 시집 『아름다운 새벽』(1924), 『봉사꽃』(1930) 등을 출판하였으며, 「일본근대시초」(1919)외에 「노래를 지으시려는 이에게」(1924), 「퇴고라는 것」(1926), 「논쟁과 질매」(1926), 「나의 문학수업」(1956) 등 다수의 평론을 발표하였다.

12. 김형원(金炯元) 저 · 김소운 역 ― 「더러워진 피(穢れた血)」

김형원(金炯元, 1900~?)

시인, 언론인, 평론가. 호 석송(石松)

1901년 충청남도 논산군 강경에서 출생하여, 보성고보(普成高普)를 졸업하였다.

1919년 『매일신보』에 기자로 입사했다.

1920년 8월 『동아일보』로 이직하여 사회부장을 지냈다.

1924년 도쿄특파원으로 근무했으며, 문학단체 파스큘라(PASKYULA) 결성에 가담했다.

1925년 『조선일보(朝鮮日報)』에 입사하였으나, '조선일보 필화사건'으로 1926년 3개월의 금고형에 처해졌다.

1926년부터 1930년까지 『중외일보(中外日報)』, 『동아일보(東亞日報)』, 『매일일보(每日日報)』 기자로 활동하였다.

1937년 『조선일보(朝鮮日報)』의 편집국장을 맡았다.

1939년 7월 매일신보사에서 중일전쟁 2주년 기념으로 개최한 '성전(聖戰) 2주년 좌담회(6회)'에 매일신보사의 대표 중 한 명으로 참석했고, 그해 7월 결성된 배영동지회(排英同志會)의 평의원이 되었다.

1941년 9월 결성된 조선임전보국단(朝鮮臨戰報國團)에 발기인으로 참여했다.

1945년 12월 복간된 『조선일보』을 비롯하여 『서울신문』·『대동신문(大東新聞)』 등에서 전무·부사장으로 재직했으며, 공보처장을 역임하였다.

1946년 이범석(李範奭)의 민족청년단(民族靑年團)의 부단장으로 활동했고,

1948년 부터 공보처 차장으로 재직하던 중 '서울신문 반정부이적행위사건'과 관련, 1949년 퇴임했다.

1950년 6·25전쟁 중 납북되었고 이후 행적은 확인되지 않는다.

작품으로는 「곰보의 노래」(1912), 「사나이냐?」(1920), 「이향」(1920)을 비롯해 다수의 시가 있으며, 시집 『석송 김형원 전집』(1979)이 삼희사에서

출간되었다. 이외에도 「문학과 실생활의 관계를 논하야 신문학 건설의 급무를 제창함」(1920), 「계급을 위함이냐 묜예를 위함이냐」(1925) 등 다수의 평론과 수필을 발표하였다.

13. 조명희(趙明熙) 저 · 김소운 역 - 「경이(驚異)」

조명희(趙明熙, 1894~1938)

시인, 소설가, 극작가. 호 포석(抱石)

1894년 충북 진천에서 출생하였다. 어려서는 한학을 수학하였고 진천사립문명학교를 졸업한 후 중앙고보에 다녔다.

1914년 중앙고보를 중퇴하였다.

1919년 3 · 1운동에 참가했다가 구금생활을 한 후 일본으로 건너가 도요대학(東洋大學) 동양철학과에 입학하였다.

1920년 무정부주의 단체인 흑도회에 가입하여 활동하다가 김우진과 함께 극예술협회를 조직하였다.

1921년 동우회(同友會) 일원으로 연극활동을 하였으며,도쿄 유학생들과 노동자들의 회관건립기금 마련을 위한 공연 목적으로 썼던 희곡 「김영일의 사(死)」를 조선에서 순회공연하였다.

1925년 카프가 결성되자 창립위원으로 참가하였다.

1928년 소련으로 망명하여 연해주지방의 조선인 교포학교에서 학생들을 가르쳤다.

1934년 소련작가동맹 창건 때 맹원으로 활동하였다.

1936년 하바로프스크시에서 작가동맹 원동 지부의 일을 보며 잡지『노력자의 조국』의 책임 편집위원을 지냈다.

　1937년 스탈린의 지시에 의해 중앙아시아 지방으로 강제 이주를 당하였다.

　1938년 조명희의 강렬한 민족주의 의식과 당시의 스탈린 외교정책노선이 배치되어 일제의 간첩이라는 죄목으로 총살된 것으로 전해진다.

　1956년 해빙정책에 따라 사후 복권되었다.

　2019년 건국훈장 애국장이 추서되었다.

　작품으로는 시 「경이(驚異)」(1924), 「영원(永遠)의 애소(哀訴)」(1924)를 비롯해 시집 『봄잔디밧 우에』(1924)가 있으며, 희곡 「김영일의 사(死)」(1921), 「파사(婆娑)」(1923), 소설집『그 전날밤』(1925), 『낙동강』(1928) 등이 있다. 이외에도 다수의 수필과 평론을 발표하였다.

揚 子 江

金　龍　濟

萬里の長城は
東洋最大の建築だが
それは一時の榮華を語るのみ
おお揚子江とは――
何と巨大なる佳人の名ぞ
彼女の胸の深さを知らず
彼女の兩手の廣さを知らず
いづこより來ていづこへ去るや
その古さを知らず
その若さを知らず
今日も悠々と大陸に脈搏つてゐる

揚子江は

양자강

김용제

만리장성은
동양최대의 건축이지만
그것은 일시의 영화를 말할 뿐
아아 - 양자강이란
얼마나 거대한 가인의 이름인가
그녀의 가슴의 깊이를 알 수 없다
그녀의 양손의 넓이를 알 수 없다
어디에서 와서 어디로 가는가
그 예스러움을 모른다
그 젊음을 모른다
오늘도 유유히 대륙에 맥박치고 있다

양자강은

―― 揚　子　江 ――

三千年の支那學の祖
その文化は流域の沃野に絢爛と花咲いてゐた
そこに春秋時代の太平が謳はれ
通鑑十五卷の歷史が織られた
幾多の王朝が興亡し
幾百の英雄才子が日月を爭つた

その傳統のほとりに
幾十億の生が瓊湯を汲み
幾十億の死が輓歌を流したか
今又幾億の民衆が
苦力の運命に呻いでゐるか

揚子江よ
お前の古さと若さは知らないが
とかく今日は餘りも無知すぎる
支那自身の未來のために

3천년 중국학의 어머니
그 문화는 유역의 옥야에 현란하게 꽃을 피웠다
그곳에 춘추시대의 태평을 구가하고
통감 15권의 역사가 엮어졌다
수많은 왕조가 흥망하고
수백의 영웅 재주 있는 자가 일월을 겨루었다

그 전통 언저리에
수십억의 삶이 씻김물을 푸고
수십억의 죽음이 만가를 흘러나오게 하였는가
지금 다시 수억의 민중이
노동자의 운명에 신음하고 있을까

양자강이여
그대의 예스러움과 젊음은 알 수 없지만
어쨌든 오늘은 너무나 무지하다
중국자국의 미래를 위해

——揚子江——

全東洋の幸福のために
お前の無知は嘆かはしい

不幸なる佳人の運命よ
お前はまだ放浪の悲哀を知らないか
なつかしい故郷を思はないか

だが揚子江よ
お前には歴史の記憶がある筈だ
堯舜の愛でたかの星影は
今も尚お前の鏡に美しく宿つてゐる
これはまだ生々しい思ひ出だ——
ユニオン・ジヤツクの西方の族が
お前の處女性を犯かし
阿片戦争の魔薬を注射されてより
お前の純深な血液は濁つたのだ

동양 전체의 행복을 위해
너의 무지는 한탄스럽다

불행한 가인의 운명이여
너희는 아직 방랑의 비애를 알지 못하느냐
그리운 고향을 생각하지 않는 것이냐

그렇지만 양자강이여
너희에게는 아직 역사의 기억이 있을 것이다
요무(堯舞)의 경사스런 별빛은
지금도 여전히 너의들의 거울에 아름답게 머물러있다
이것은 아직 생생한 추억이다 ― ―
유니언 잭(Union Jack)인 서방의 깃발이
너희의 처녀성을 범하고
아편전쟁 마약을 주사하고부터
너희의 순결한 혈액은 탁해져버렸다

― 江 子 揚 ―

東洋の佳人よ　憧れなる古き名よ
阿片の注射に中毒して
濁つたお前の血は更に狂つて行つた
もろもろの碧眼の放蕩兒に
嬲され弄はれることも知らず
領土をやり墳税をやり
鐵道をやり鑛山をやり
そして唇も乳房も捧げてしまつた

おお傷だらけの揚子江よ
お前は何と恐しい賣笑婦だ
お前の運命の末を思ふがいい
自ら歐米の植民地にならうとしてゐる
四百餘州を彼等に裂かれ
四億の民衆を奴隷に賣らうとしてゐる

神經の狂つたお前には

동양의 가인이여 가련한 옛 이름이여
아편 주사에 중독되어
탁해진 너의 피는 더욱 미쳐간다
여러 벽안(碧眼)의 방탕아에게
기만당하고 빼앗기는 것도 알지 못하고
영토를 주고 토지세를 주고
철도를 주고 광산을 주고
그리고 입술도 유방도 바치고 말았다

아아 - 상처투성이의 양자강이여!
너는 정말 무서운 매춘부다
네 운명의 끝을 생각하는 것이 좋다
스스로 구미의 식민지가 되려하고 있다
모든 중국 땅(四百餘州)을 그들에게 찢기고
4억의 민중을 노예로 팔려하고 있다

신경이 미쳐버린 너는

―― 揚 子 江 ――

揚子江に溺れてもがく
無數の生靈の淚の味も知らないか
支那事變の砲聲にも醒めないほど
醉ひ癡つたのか聖なのか

お前の永遠の道がそこにあるのだ
そこに新らしい亞細亞史のコースがある
昔ながらの東方へ流れてゐる
西方の高原へ溯りはしまい
お前の傳統や自然の流れは

支那の母なる揚子江よ
同文同種の友邦は亞細亞建設を呼びかけてゐる
四億の民はその握手を慾してゐるのだ
母性愛の昔へ還へり
今こそ覺めて沸きかへれ！
今こそ東洋の建設を叩えろ！

양자강에 빠져 발버둥치는
무수한 생령의 눈물 맛도 알지 못하는 것인가
지나사변(중일전쟁)의 포성에도 각성하지 못할 정도로
취하고 타락한 것인가? 귀가 먹은 것인가?

너의 전통이나 자연의 흐름은
서방의 고원으로 거슬러 올라가지는 않을 것이다
옛날 그대로의 동방으로 흘러가고 있다
거기에 새로운 아시아 역사의 경로가 있다
너의 영원의 길이 거기에 있는 것이다

중국의 어머니되는 양자강이여
동문동종(同文同種)*의 우방은 아시아 건설을 호소하고 있다
4억의 민중은 그 악수를 원하고 있는 것이다
모성애의 옛날로 돌아가
지금이야말로 깨어서 열광하라!
지금이야말로 동양 건설을 부르짖으라!

---

* 동문동종(同文同種): 같은 문자를 사용하고 인종도 같다는 의미

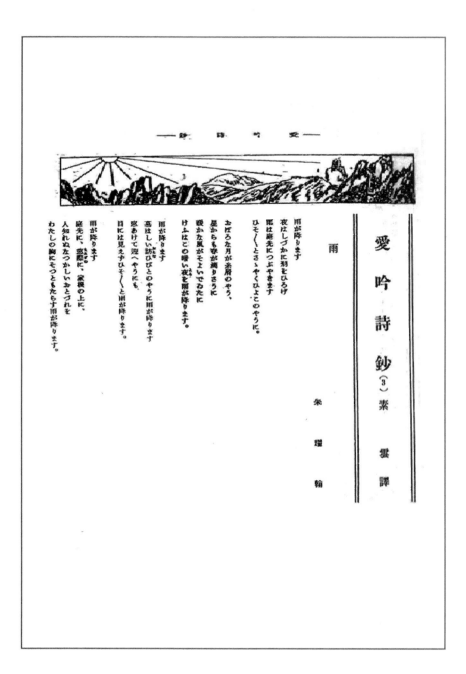

― 愛 吟 詩 鈔 ―

愛 吟 詩 鈔 (3) 素 雲 譯

雨

朱 瑶 翰

雨が降ります
夜はしづかに羽をひろげ
鼠は庭先につぶやきます
ひそ〳〵とさ〵やくひよこのやうに。

おぼろな月が淙屑のやう、
星からも夢が滴りさうに
暖かな風がそよいでわたに
けふはこの暗い夜を雨が降ります。

雨が降ります
高はしい訪びとのやうに雨が降ります
窓あけて迎へ〵やうにも、
目には見えずひそ〳〵と雨が降ります。

雨が降ります
庭先に、窓邊に、家根の上に、
人知れぬなつかしいあとづれを
わたしの胸にそつともたらす雨が降ります。

비

주요한 저
김소운 역

비가 내립니다
밤은 고요히 깃을 벌리고
비는 뜰 위에 속삭입니다
소곤소곡 속삭이는 병아리같이

몽롱한 달이 실보무라지같고
별에서도 봄이 방울 질 듯
따뜻한 바람이 살랑거리더니
오늘은 이 어두운 밤을 비가 내립니다

비가 내립니다
그리운 사람의 방문처럼 비가 내립니다
창문 열어 맞이하려 해도
눈에 보이지 않게 속삭이며 비가 내립니다

비가 내립니다
앞마당에, 창가에, 지붕위에도
남모르게 그리운 방문을
나의 가슴에 살짝 가져다주는 비가 내립니다

穢れた血

金　坰　元

偽預言者に心せよ、羊のよそほひして來れども、内は奪ひ掠むる狼なり。その果によりて彼らを知るべし。茨より葡萄を、薊より無花果をとる者あらんや。（マタイ傳　七・十六―十七）

穢れた血！
穢れた血は眷族に歸れ。
今は夢、眞夏、
生命の絶頂、勳業の宰領、
細菌よりして人類にす
世界の隅々に
行進の喇叭は鳴り響く。

おゝ、穢れた血！
お前はお前の巣に歸れ〈宿命の巣に〉

おゝ、惱み疲れた私の魂よ！
髪の毛から爪先にまで
穢れた血のその蹂躙よ！
光の靈を闇の夜に
鑿き換へた私の悲しみ！

おゝ、穢れた私の血！

더러워진 피

김형원

위정자의 마음이여, 양의 탈을 쓰고 오지만, 속은 강탈하는 늑대이다.
그 열매로 그들을 알 수 있다. 가시나무에서 포도를, 엉겅퀴에서 무화
과를 딸 수 있는 사람이 있을까. (마태복음 7장 15 – 16)

더러워진 피!
더러워진 피는 정맥으로 돌아가라
지금은 정오, 한여름.
생명의 절정, 동맥의 계절,
세균에서부터 인류에까지
세계 구석구석까지
행진 나팔은 울려 퍼진다

아아! 더러워진 피!
그대는 그대의 둥지로 돌아가라(숙명의 둥지로)

아아! 지치고 피곤해진 나의 영혼이여!
머리카락에서 발톱까지
더러워진 피의 그 유린이여!
빛의 한 낮을 어둠의 밤으로
바꿔 놓은 나의 슬픔!

아아! 더러워진 나의 피!

驚　異

　　　　　趙　明　熙

母よ　お聞きですか
あの黄昏のさゝやきを――
森の樹の間に聞はさしのぞき
川のせゝらぎもひとしほ細くなりました
樹々はいま新蕊の刻です。

母よお聞きください
手を重ね耳澄ましてください
あの塔の下に栗の木の
實の落ちる音が聞えます
ことりと背がして地に落ちたのです
守宙が新子を産んだ報らせですよ
ともしびをさし上げてお川でなさい
かしらを垂れて新らしい客人を迎へにまゐりませう。

경이

조명희

어머니여 들리십니까?
저 황혼의 속삭임이
숲의 나무 사이로 어둠은 내려 엿보고
냇가의 시냇물도 한층 가늘어 졌습니다
나무들도 지금 기도하는 때입니다

어머니여 들어 주세요
손잡고 귀를 기울여 주세요
저 섬돌 아래 밤나무의
밤 떨어지는 소리가 들립니다
툭하는 소리가 나더니 땅에 떨어진 것입니다.
우주가 새로운 아들을 낳았다는 알림입니다
등불을 밝히고 나오세요
머리를 조아리고 새로운 손님을 맞으러 갑시다

東洋之光

朝鮮文化問題特輯

六月號

京城　東洋之光社　發行

1939년 6월 『六月號』

14. 이정향(李靜香) – 「대륙으로 시집가는 누나(大陸へ嫁ぐ姉)」

15. 이케다 아오시(池田靑志) – 「단가(短歌)」

16. 스즈키 가즈미(鈴木一海) – 「하이난 섬 기록(海南島記)」

大陸へ嫁ぐ姉（詩）

李　靜　香

朝な夕な井戸端で出合つたら
儒林傑士の根さした
我が家の傳統を云ひ傳へ、
く、この村の變遷を語りつゝ
村から拔け川した友を悲しんで
悌なき世情を呪んでいた姉が、
何千年も生きる様に
土を辭し草を取つた
麥畑を眺めつゝ
荒い人生の旅を試練する今日、
何故、一口も言はずに
北行を急ぐのか？

　　　　　×

山脈に取り倒された此處に育ち
水汲と機織、
そして父母の懸命に叩き上げられた姉が

대륙으로 시집가는 누나

이정향

아침저녁 우물가에서 만나면
유림걸사를 배출한
우리 집 전통을 전해주며
이 마을 변천을 말해주고
마을에서 빠져나간 친구를 불상해하며
꿈 없는 세상을 저주하던 누나가
수천 년이나 살아갈 듯이
땅을 갈고 풀을 뽑았다
보리밭을 바라보며
거친 인생길을 시련하는 오늘
왜 한마디도 않고
북쪽행을 서두르는 것일까?

    ×××

산맥에 둘러싸인 이곳에서 자라며
물 긷고 베짜기
그리고 부모의 엄한 명령에 갖은 고초를 겪어야 했던 누이가

——讀　者　文　藝——

初めて乗る三等室の窓邊に凭れて
胸に設計を描くのは、
誰かが花嫁姿と云へやう……
瞼がはれる程
湧き出す熱涙をふつかける
老いぼれた母の震るへる青葉すら
胸に深く響く、
「君を放して如何に暮らすか」と——
掲らした熱い涙　・

　　　　×

姉の兩眼に光る希望を誰かが知るであらう。
大陸の呼吸をし始めるこの日
語りもせず眺める姉の視線、
そして殘した未練、
數々の插籠の思ひ出

　　　　×

挾い空地だと、
今となつて何一つ胸の奥に焦がれやう……
何時も炊事塲で謡つた靑葉、
茄波萩草や蕊を捺く支沼いたら
せめて一朝の食候でも賑ひたかつた其の眞心、
あの瞭漠たる大地の香をかぐときは

처음으로 타는 3등실 창가에 기대어
가슴에 설계 하는 것을
누가 새색시 모습이라고 하리
눈이 부을 정도로
북받쳐 오르는 뜨거운 눈물을 쏟아낸다
늙으신 어머니의 떨리는 말소리마저
가슴에 깊이 울리고
"너를 떠나보내고 어떻게 살꼬"하고
붙잡은 뜨거운 손
말없이 바라보는 누나의 시선
대륙의 호흡을 하기 시작한 이날
누나의 두 눈에 빛나는 희망을 그 누가 알까

　　　　×××

여러 가지 요람의 추억
그리고 남은 미련
지금에 와서 가슴속에 무엇을 동경할까…
"좁은 공터야"하고
항상 취사장에서 하던 말
가지나물이나 상추를 뿌릴 수 있는 만큼 뿌려
적어도 하루아침의 밥상이라도 풍요롭게 하고 싶었던 그 진심
그 막연한 대지의 향기를 맡을 때는

こゝの話を何繰返すであらう？
然し、姉よ！
あなたが掴まんとする大地は
守つて鳳翼にくるまつて
正義の銃剣が飛び散り、
幾億の金貨が跳ね返へり
尊い皇國の勇士の血が流された
聖地を知るや……
おゝ今も尚英靈の眠りを聴くや……
けに、草一本、土一塊すら
何んと無益にすべきや。

×

暗がりの低謡を打ち分けて
新しい太陽が照り射す東亞の平原に
今や若々しい五族協和の旗がひらめく。
そは、大陸を百倍と二百倍とする
根強い姉達の一切を誓つている。
雨を飲み、風を扞めてゐるうち
そこで子孫を殖やし、
今からの歴史を綴るあなたの大なる建設譜、

이곳 이야기를 더욱 되풀이하겠지
그러나 누나여!
누나가 붙잡으려고 했던 빈터는
일찍이 풍운에 휩싸여서
정의의 총검이 사방으로 흩날리고
수억의 금화가 흩어지고
존엄한 황국 용사의 피가 흩뿌려진
성지(聖地)인 것을 아는가…
아아! 지금도 또한 영령의 영면을 듣는가…
실로 풀하나, 땅 한덩어리 조차
어찌 무익하게 할까

       ×××

어두운 낮은 구름을 헤치고
새로운 태양이 내리쬐는 동아의 평원에
지금은 생기발랄하게 오족협화(五族協和)의 깃발이 펄럭인다
그것은 대륙을 백배 이백배로 만드는
끈기 있는 누나들의 전부를 맹세하고 있다
비를 마시며, 바람을 맛보고 있는 동안
거기에서 자손을 늘리고
거기에서 땅을 가르친다
지금부터의 역사를 만들어가는 그대들의 커다란 건설의 족보(建
設譜)

私も胸に躍るその何にかを覺ゆるのである。
おゝ寂しく汽平は轍を馳けるも
この日雄々しく
大陸へ嫁ぐあなたの門發を
淚ふらずに
今、我はあなたの兩眼を祝福する。

나도 가슴에 뛰는 그 무엇인가를 느끼고 있어요
아아! 쓸쓸하게 기차는 바퀴로 달려가지만
이날 씩씩하게
대륙으로 시집가는 그대의 출발을
눈물 흘리지 않고
지금, 나는 그대의 두 눈을 축복합니다

短歌

春川 池田 靑志

苦節せば試験なるべしおもむろに
勵みませといふ妻は今なし。

十年目考試にパスの喜びを
逝きにし妻のとむらむとす。

合格に喜び溢る我胸を
分ちて眠れ今はなき妻。

努むれば誰がなるといふ業の
遂げてこそ知る喜びの大きさ。

試験終へ思ふことなし春淺き日
友と馬の遠乗りをす。

단가

춘천 이케다 아오시

괴로움을 견디고 절개를 지키며 시험이라고 침착하게
격려해주던 부인은 지금 없네

10년째 사법고시 패스의 기쁨을
가버린 부인을 애도하는 것으로 하려 한다

합격의 기쁨에 넘치는 내 마음을
함께 나누며 잠들 부인은 지금 없네

노력하면 모두가 될 수 있다는 직업을
성취한 후에야 말로 알 수 있는 큰 기쁨

시험 끝난 후 뜻하지 않게 이른 봄 날
친구와 말을 타고 원행하네

海南島記（短歌）

鈴木 一海

支那の兄が銅幣（ドンペ）持てばさて置きて
博突（バクチ）始むる氣心わからず。

發ちし時、いとけき吾娘（アコ）の誓方を
いま戰地で見嬉し涙す。

戰線に成績品をちつと見て
その内で吾子がほヽえみかくる。

發ちし後（ノチ）一年になつた娘（コ）の成績を
見つむるひとみ姜（ヤヤ）えがきぬ。

하이난 섬 기록

스즈키 가즈미

중국아이가 동지폐(銅幣)를 가지고 사라진 뒤에
　　도박(博奕)을 시작한 속마음을 모르겠네

출발할 때, 어린 딸의 서방을
　　지금 전쟁터(戰地)에서 보고 기뻐 눈물 흘리네

전선에서의 성적품을 가만히 보니
　　그 안에서 우리아이가 웃으며 숨어있네

출발한 후 1년이 지나 딸의 성적을
　　지켜보는 눈동자 그 모습을 그리워하네

東洋之光

事變二周年記念特輯

七月號

京城 東洋之光社 發行

1939년 7월 『七月號』

17. 요리모토 시린(寄本司麟) — <만주 소식(満州のたより)> 「아침(朝)」・「낮(昼)」・「밤(夜)」

요리모토 시린(寄本司麟, 1901~?)

프롤레타리아 미술가

1909년 교토시 제일긴린심상소학교(第一錦林尋常小学校)에 입학하여, 1913년 졸업하였다.

1913년 제일고등소학교(第一高等小学校)에 입학하여, 1915년 졸업하였다.

1915년 교토 전화국에 근무하였다.

1921년 간사이미술원(関西美術院)에 입학하였다.

1925년 신흥예술운동에 관여한 작가들이 모여 결성한 조직인 산카(三科) 공모전에 작품을 출품하였다.

1930년 제3회 프롤레타리아미술전람회에서 <원산에서의 파업(元山でのストライキ)>을 발표하였다.

1932년 일본프롤레타리아문화연맹(日本プロレタリア文化聯盟)에 설치된 조선협의회(朝鮮協議会) 미술부문에서 위원장을 맡았다.

18. 김용제(金龍濟) — 『아시아시집(1)(亜細亜詩集)(一)』「서시(序詩)」・「종달새(雲雀)」・「청춘(靑春)」・「소녀의 탄식(少女の嘆き)」・「먹거리 사냥(御馳走狩り)」・「승리의 함성(かちどき)」

朝

朝の霧は廣き海の如く
大地をおほひ
國境の連山はかすみて
大きなる島の如く
その中にうかび

條々たる畝は
草に露たれて
青白く光り
雲雀はいまだ飛び立たず
靜寂のなかに眠り

少年達は白き呼吸をはきて
馬をおひ
馬はいな〻きて
尾を朝かぜにさばきつゝ
カルチベーターを引く
カルチベーターはさく〳〵と
しつとりしめる土を起こし
土は爽き香をはなちて
登りゆく太陽に映ふ

아침

요리모토 시린(寄本司麟)

아침 안개는 넓은 바다와 같이
대지를 덮어
국경에 이어진 산은 흐려져
커다란 섬과 같이
그 속에 떠오르네

여러 줄기 밭두둑은
풀에 길이 스러져
창백하게 빛나네
종다리는 아직 날아가지 않고
정적 속에 잠드네

소년들은 하얗게 호흡을 내뿜으며
말을 모네
말은 소리 높여 울고
꼬리를 아침바람에 가르며
경작기를 끄네
경작기는 사각사각
촉촉하게 습기 젖은 땅을 일으키고
땅은 강한 향기를 떨치고
떠오르는 태양이 비추네

晝

逞しい馬が二頭
砲車の如く犁丈を引いてゆく閃く
鐵尖の先に
大地はほりおこされ
群青の木は倒れてゆく

そのあとを
婦人が國員が
手でその木をひとつゝゝ
握つて抜いてゆく

太く逞しい
ボツソリと手に感ずる葱の木
積みあげられた葱の山と
肌ぬぎになつた厚い胸に
高原の太陽が光つて居る

낮

적당한 말이 두 마리
포차와 같은 쟁기를 끌고 가며 번쩍이네
뾰족한 철 끝에
대지는
개간되어
군청의 나무는 쓰러져 간다

그 뒤를
부인과 단원이
손으로 그 나무를 하나씩
잡아 뽑아가네

크고 늠름하다
툭하고 손에 느껴지는 파
쌓아올려진 파 무더기
상반신을 드러낸 두터운 가슴에
고원의 태양이 빛나고 있네

── 満洲たよ り ──

夜

黒々とした
みゆる限りの
大地

大地

大地のかなた
はるか地平線の草の中に
露の如く
きら／＼と
私の胸のあたりにも
頭の上にも
團の屋根の上にも
きら／＼と

見上げれば空高く
高くたかいと
何もさまたげられなく
星は土の上から
空のはて迄かゞやい居る

밤

거무스름하게
끝없이 보여지는
대지

대지 저멀리
아득한 지평선 풀 속에
이슬처럼
반짝 반짝하네
나의 가슴 근처에도
머리위에도
둥근(團) 지붕위에도
반짝 반짝하고

올려다 보면 하늘 높고
높고 높다고
어떤 것도 방해받지 않고
별은 대지 위에서
하늘 저끝까지 반짝이고 있네

亞細亞詩集 ⑴

金　龍　濟

序　詩

私の第一詩集は
不幸なる「大腸詩集」であつた
それは悲しい思想の中で
日の目を見ずに
思ひ出の東京で死んでくれた

私は十餘年の文學生活の
すべての功罪を惜みなく
その古い時代の運命と共に
かの荒川の波へ流してやつた
私はもう
その子の年を數へまい

아시아시집(1)

김용제

서시

나의 제1시집은
불행한 「대륙시집」이었다
그것은 슬픈 사상속에
태양의 눈을 보지 못하고
추억의 도쿄에서 죽어버렸다

나는 십여년의 문학생활
모든 공과 죄를 아낌없이
그 오랜시대의 운명과 함께
그 황천의 물결에 흘려보냈다
나는 더 이상
그 아이의 나이를 세지 않는다

だからこの詩集は
私の邵二のそれではない
なつかしい故郷の土によみがへる
母なる遠羅亜の詩神が
私に投げた夢すべき長男である

この小さな心の花輪を
私は誼み深く
護岡の炎霊に捧げる！
そしてまた
この新らしき大願の歌を
聖戦の勇士へ慰問文として贈り
鼓後の愛國心に呼びかける！

그래서 이 시집은
나의 제2의 시집이 아니다
그리운 고향 땅으로 되돌아온
어머니이신 아시아의 시 정신이
나에게 준 사랑할 만한 장남인 것이다

이 작은 마음의 화환을
나는 몹시 경건하게
호국영령에게 바친다!
그리고 또한
이 새로운 대륙의 노래를
성전의 용사에게 위문편지로 보내고
후방의 애국심에 호소한다

雲　雀

支那大陸の凍土が
太陽と地熱で解けて來た
地上に芽ぐむ黄に青いもの
空に燃える金色のかげらう
山かげの雲も風と消え
谷川のせせらぎが海へと注ぐ！

征馬嘶く勇ましさ
防寒外套を脱いだ身の輕さ
山桜を見つけた物珍しさ
大氣を切る弾丸の響きさへ
何となく笛の音に似てゐるやう
寒の戰線はにぎやかだ

戰ひ濟んで休む折り
おや！と聞える雲雀の歌よ
お前を聽くと殆んど嬉しさに泣く！
食後の雑談がはたとやみ
お前の聲に耳をそばたてる

종달새

중국대륙의 언 땅이
태양과 지열로 녹기 시작했다
지상에 싹트는 황토에 초록
하늘에 불타오르는 금색의 아지랑이
산그늘의 눈도 바람과 함께 사라져
골짜기의 여울물이 바다로 흘러간다!

전쟁터의 군마 울음소리의 용감함
방한외투를 벗은 몸의 가벼움
산 벚나무를 발견한 기쁨
대기를 가르는 탄환의 울림마저
어쩐지 피리소리를 닮은 듯
봄의 전선은 활기차다

전투가 끝나고 쉬는 때
문득 들려오는 종달새의 노래여
너의 노래를 듣고 있자니 그만 기쁨에 운다!

식후의 잡담이 갑자기 멈춰지고
너의 목소리에 귀를 기울인다

吸ひつめた煙草の火に
指の焦げるのも忘れて
お前の歌に聴きほれる

晴れ切つた空の青さよりも
更に明朗な王を轉がす
その自然の美しい韻律に
砲撃に慣れした耳が洗はれ
胸のすく思ひがするぞ

雲雀を聴くにつけ
故郷がふと思ひ浮ぶぞ
晴やかな故郷の麥畑には
親達や女房達が
鍬後の鍬を元氣に振り
村の可愛い少女達は
菜の花の蝶を追ふであらう
その頭上にも雲雀は鳴くであらう
故郷の雲雀を思ふとさらになつかしい

江南の雲雀よ

피우던 담뱃불에
손가락이 데는 것도 잊고
너의 노래에 도취되어 듣는다

청명하게 맑은 하늘의 푸르름보다도
더욱 명랑한 구슬을 굴린다
자연의 아름다운 음률에
포성으로 들리지 않던 귀가 정화되어
가슴이 뻥 뚫리는 기분이 든다

종달새 소리를 듣고 있으면
고향이 문득 떠오른다
선명한 고향 보리밭에는
부모님과 아내들이
후방의 괭이를 힘차게 휘두르고
마을의 귀여운 소녀들은
유채꽃의 나비를 쫓고 있겠지
그 머리 위에도 종달새는 울고 있겠지
고향의 종달새를 생각하니 더욱 그리워진다

강남의 종달새여

——亞細亞詩集——

お前はひよつとすると
故郷の使者ではあるまいか
燕のやうに海を越えて還り
戰線の元氣さを傳へておくれ！

お前の歌が
遠くなり近くなるのは
呑の風のせいだらうか
お前の可愛い罠が
高み低みを舞ふのだらう

兵隊はお前の姿を探すため
皿のやうに眼をみはり
飽かず空を見つめてゐる
敵機の爆音よりも
お前の歌は恐しい偉力だ

おや！
若い將校が望遠鏡を光らせたぞ
お前の偵察が始つたのだ
だが餘り心配はするな

너는 어쩌면
고향의 사자인 것은 아닐까
제비처럼 바다를 건너서 돌아가
전선의 정기를 전해주렴!

너의 노래가
멀어지거나 가까이 들리는 것은
봄바람 탓일까?
너의 귀여운 날개가
높게 낮게 춤추는 것이겠지

병사들은 너의 모습을 찾기 위해
접시만큼 눈을 부릅뜨고
질리지도 않고 하늘을 응시하고 있다
적기의 폭음보다도
너의 노래는 무서운 위력이 있다

앗!
젊은 장교가 망원경을 번쩍였다
너의 정찰이 시작된 것이다
그러나 너무 걱정하지 마라

俺はお前の味方になり
無線電信でから云つてやらう
高射砲がぽんと忙打たれる前に
可愛い雲雀よ
兵隊のそばへそつと降りて來い！

青　春

戦ひのさ中に
私は今熱した麥畑に伏してゐる
銃身が燒けるほど
三冠のつぶてを放つてゐる

鋼鐵の破片が亂れ飛び
無氣味な死の嵐が流れ來る
一つの弾丸が
一つの生命を狙ひ
一つの瞬間が
一つの運命を翻弄してゐる
味方を狙撃する

나는 너의 편이 되어
무선전신으로 말해주리
고사포가 정말로 맞추기 전에
귀여운 종달새여
병사들 옆으로 살짝 내려오렴!

청춘

전투가 한창인데
나는 지금 뜨거운 보리밭에 엎드려있다
총구가 뜨거울 정도로
탄환이 날리고 있다

동철의 파편이 흩어져 날리고
기분 나쁜 죽음의 태풍이 흘러온다
하나의 탄환이
하나의 생명을 노리고
하나의 순간이
하나의 운명을 우롱하고 있다

아군을 저격한다

——亞細亞詩選——

横たぐりの敵弾が
悲壮な吹雪を浴びせ
麥の密林を挑づけて燒き倒す
熟した麥の實が
銃火に焦げて地上にばらまかれる

私の目の前の掩蔽物は
平和に耕したかつての日
百姓の鍬を嚙んで堀り出された
一塊の褐色の石があるのみ
この我が小さな城壁に
既に幾つかの弾丸が當り
火花と共に粉砕される石の煙りが
私の眼を奪はうとしてゐる

私の次の瞬間が
かの一顆の麥の運命に似て
この麥畑の一隅に
はかなく消えて行くかも知れない
だが青春の火花が

옆으로 날아드는 적의 탄환이
비장한 탄환세례를 퍼붓고
보리밀림을 불태워 쓰러뜨렸다
익은 보리 열매가
총화에 불타 지상에 흩뿌려진다

내 눈 앞의 엄호물은
평화롭게 경작하던 그 옛날
농민의 괭이질에 파내어진
한 무더기의 갈색 돌들만이 있을 뿐
여기 나의 작은 성벽에는
이미 몇 개인가의 탄환에 맞아
불꽃과 함께 분쇄되어진 돌 연기가
나의 눈을 빼앗으려 하고 있다

나의 다음 순간이
그 한줌의 보리 운명과 닮아서
이 보리밭 한쪽에서
덧없이 사라져 갈지도 모른다
그러나 청춘의 불꽃이

壊々と輝く瞬間の彼きだ
そこらの無心な花のやうに
私はまだ明日の生命を信じてゐる

私は今何も思ふひまはない
そしてそんな必要がどこにもらう
だが私自身のではないやうな
或る神怪な壁が
ふとこんなことを囁いてゐる

「生命とはすべてのものだらうか
生命の彼方に
生命のすべての価値を見よ！」

「生命とは最後のものだらうか
その美しき歸依の彼岸に
永遠の壁を明け！」

「破壊と蒸換のさ中に
生命を信ずることは岡太く強い

찬란히 빛나는 순간의 연속이다
저편의 무심한 꽃처럼
나는 아직 내일의 생명을 믿고 있다

나는 지금 아무것도 생각할 여유가 없다
그리고 그럴 필요가 어디에 있을까
그러나 나 자신의 것이 아닌 듯한
어떤 신성한 목소리가
문득 이런 말을 속삭이고 있다

"생명이란 모든 것일까?
생명 너머의
생명의 모든 가치를 보라!"

"생명이란 최후의 것일까?
그 아름다운 귀의의 피안에
영원의 소리를 들어라!"

"파괴와 묘지의 한 가운데에
생명을 믿는 것은 대담하고 강하다

──── 毘利詩集 ────

また創業の土盤となり
死に瞑することは更に美しい！」

「死して皮を貼す虎は頼もしい
だが美名をも超越した
無念の生き方と死に方に
戦ふ神の心を思へ！」

これらの囁きを聞く瞬間も
私はこんなに戦つてゐる
現實の中の自分を守つてゐる

私はたゞ無念に銃を打ち
既に銃先に創をさし
肉弾の用意は出來てゐる
突撃の命令を持つてゐるばかりだ

敵弾の吹雪は尚も激しく
私の青春のつぶてなる
弾丸は残り少なく減つてゐる

또 창업의 토대가 되어
죽음에 눈감는 것은 더욱 아름답다"

"죽어서 가죽을 남기는 호랑이는 믿음직스럽다
그러나 미명을 초월한
무념의 삶과 죽음에
싸우는 신의 마음을 생각하라!"

이들의 속삭임을 듣는 순간도
나는 이렇게 싸우고 있다
현실 속의 자신을 지키고 있다

나는 오로지 무념의 총을 쏘고
이미 총구에 검을 꽂고
육탄의 준비가 되어있다
돌격 명령을 기다리고 있을 뿐이다

적의 총알세례는 더욱 심해져
나의 청춘의 돌팔매가 된다
탄환은 조금밖에 남지 않았다

前と後の戰友が
次々と倒れ又は傷いて行く
我が部隊は今苦戰に陷つてゐる

私は物云はぬ戰友の
彈丸を集めて銃にこめる
愛する戰友の哀禍を
その復讐の中に誓つてゐる

私の打つ彈丸は
一つ一つが
必ず敵に命中することを信じてゐる
一つ一つと
必ず敵彈を打ち止めることを信じてゐる

私はこの息づまる瞬間
生をも思はず
死をも思はず
ただ靑春の火花を散らしつゝ
戰ふばかりだ！
戰ふばかりだ！

나의 앞뒤의 전우가
차례로 쓰러지고 또 부상당해 간다
나의 부대는 지금 고전에 빠져있다

나는 죽어 말이 없는 전우의
탄환을 모아서 총에 장전한다
사랑하는 전우의 명복을
그 복수 중임을 맹세하고 있다

내가 쏘는 탄환은
하나 하나가
반드시 적에게 명중할 것을 믿고 있다
하나 하나가
반드시 적탄을 무찌를 것을 믿고 있다.

나는 이 숨막히는 순간
생을 생각하지도 않고
죽음도 생각하지도 않고
단지 청춘의 불꽃을 흩뿌리며
싸울 뿐이다!
싸울 뿐이다!

少女の嘆き

道もなく家もない遠い山の奥
背銀色の岩かげに
白樺の幹をしつかと抱いて
可憐な十六七の支那少女が
小児のやうにふるへて一人泣く

落ちた頬と
乾いた唇と
亂れた顔の髪は
少女のすべてが失はれ
草葉のやうに靑く戰いてゐる
絶望の底の眼は
空の果ばかり空ろに恨んでゐる
郷愁の涙くれなゐに
萎れた佛桑花を濡らしてゐる

三日も食はず

소녀의 탄식

길도 없고 집도 없는 깊은 산 속
청동색 바위그늘에
백화 줄기를 꼭 쥐고
가련한 열예닐곱 살의 중국소녀가
토끼 새끼처럼 떨며 홀로 운다.

수척한 볼
마른 입술
흐트러진 얼굴의 머리
소녀는 전부를 잃고
풀잎처럼 창백하게 싸우고 있다
절망의 밑바닥에 빠진 눈은
하늘 저 끝만을 공허하게 노려보고 있다
향수의 눈물은 붉은색으로
시들은 불상화를 적시고 있다

사흘이나 먹지 않고

三晩も眠らず
貴は砲聲にちゝまり
夜は狼の聲におびえつゝ
たゞ喚きたゝ泣いてゐる少女よ

こゝはどこだらう
他岡の俺よりも
お前は更に知るまいよ
お前は自分の喚きにも
小さな胸は一ぱいで堪えぬだらう
お前の名は何と呼ぶか
言葉も知らない俺が
言葉も出ないお前に訊くまい

可憐な少女よ
それにしてもお前の晴着は
避難民の身なりには
似合はない程上等ではないか
或は不思議にも迅惡く

사흘이나 자지 않고
한낮에는 포성으로 웅크리고
밤에는 늑대소리에 떨며
오직 탄식하며 오직 울고 있는 소녀여

여기가 어디인지
타국의 나 보다도
그대는 더욱 알 리가 없다
그대는 자신의 탄식에도
작은 가슴이 벅차서 견디지 못하겠지
그대의 이름은 뭐라고 부를까
말도 모르는 내가
말도 못하는 너에게 물을 수 없다

가련한 소녀여
그나저나 너의 나들이옷은
피난민 차림이라 하기엔
어울리지 않을 정도로 훌륭하지 않은가

어쩌면 이상하게 운이 나빠서

祝福された結婚の日に
戦争の嵐に吹きやられ
花嫁とも散らされたまゝ
こゝまで逃げて隠れたのだらうか
いやさうでもあるまいよ
臙脂や白粉のあとのない
土の匂ひするその顔が云つてゐる

お前の晴着は多分さうだつたらう
嫁入りの時にもと
亡き母が形見に残してくれた
そのたつた一枚の晴着を惜む心から
匪賊の掠奪から守るため
あわてゝそれを探し出し
ふるへながら着てまごつくうちに
お前は避難の群れから遅れてしまひ
一人はなれてこゝで泣くのだらう
何といぢらしい少女の心よ

可憐な少女よ

축복받은 결혼 날에
전쟁의 폭풍이 불어 닥쳐
신랑과도 헤어진 채
여기까지 도망쳐 숨어있는 것일까
아니 그럴 리가 없다
연지나 화장분의 흔적이 없는
흙냄새 풍기는 그 얼굴이 말하고 있다

그대의 나들이옷은 아마도 그랬을 것이다
시집갈 때에 하고
돌아가신 어머니가 유물로 남겨준
단 하나의 나들이옷을 아까워하는 마음에서
비적의 약탈로부터 지키기 위해
서둘러 그것을 찾아 꺼내
떨면서 입고 우물쭈물하는 사이에
그대는 피난민들 무리에서 뒤처져버려
홀로 떨어져 여기에서 울고 있는 것이겠지
정말 애처로운 소녀의 마음이여

가련한 소녀여

お前の年頃の娘を見ると
俺には故郷の妹が思ひ出される
もう泣かないで安心するがい〜
俺の日本の軍服を
少しも怖がる必要はないのだ

お前の少女の嘆きが
しかもその深い悲しみが
國家や民族や政治や
そんな大きな嘆でないことを俺は知つてゐる
ただ死の前に
戦争を恐れ
お前の家と身内の安否のために
そんなに嘆いてゐろことを知つてゐる
それだけお前の嘆きは更にいぢらしい

俺が今こ〜で
この戦争の東洋の理想や
皇軍の良心を説いたとて
お前にはすぐとは分らないだらう

그대 나이 또래의 소녀를 보면
나는 고향의 여동생이 떠오른다
더 이상 울지 말고 안심해도 돼
나의 일본군복을
조금도 무서워할 필요가 없다

그대 소녀의 탄식이
더욱이 그 깊은 슬픔이
국가나 민족이나 정치 등
그런 거대한 탄식이 아닌 것을 나는 알고 있다
단지 죽음 앞에
전쟁을 두려워하여
그대의 집과 친척의 안부 때문에
그렇게 탄식하고 있는 것을 알고 있다
그만큼 그대의 탄식은 더욱 처량하다

내가 지금 여기에서
이 전쟁의 동양이상이나
황군의 양심을 이야기한들
그대는 바로 알지 못하겠지

可憐な少女よ
俺の手眞似の心やりを
お前はやつと分つてくれたか
その額のかすかな微笑みに
俺は妹の可愛い友達を見る
お前の嘆きが輕くなつた時
俺は自分が救はれたやうな
なつかしい思ひが湧いて來るのだ

お前の村からは
匪賊はもう追ひ拂つた
避難民は既に歸つて來たし
お前の家も目內も無事だ
俺と一緒に歸るがい〻

俺の軍服を怖れずに
このパンを安心して食べるがい〻
この水筒の水を飲むがい〻
もうそんなに喚くことはないのだ

나의 군복을 두려워말고
이 빵을 안심하고 먹어도 돼
이 수통의 물을 마셔도 돼
더 이상 그처럼 탄식할 것은 없는 것이다

그대의 마을에서
비적은 모두 쫓아내었다
피난민은 이미 돌와왔고
그대의 집도 친척도 무사하다
나와 함께 돌아가면 된다

가련한 소녀여
나의 손짓의 위로를
그대는 드디어 알아들은 것일까
그 눈동자의 희미한 미소에서
나는 여동생의 귀여운 친구를 본다
그대의 탄식이 가벼워졌을 때
나는 나 자신이 구원받은 듯한
그리운 마음이 생겨난 것이다

御馳走狩り

兵隊は御馳走が好きだ
それはさもしい程かも知れない
慰問袋が配給されると
素晴らしい故郷の味に
子供のやうに嬉しがる兵隊だ

御馳走は實に有難い
程糧が遲れる時は
幾日も山奥にゐて
塩ばかりなめ
お粥ばかりすゝる兵隊のことだ

苦しい道すがら
青い野菜でも見つけたら
兵隊の眼は味覺を味ふ
一寸失敬する人もゐて
茨薬や葱など少し摘みとり
ポケットなどに入れて夕食を夢みる

戦闘がやゝ緩慢に流れ

먹거리 사냥

병사들은 먹는 것을 좋아한다
그것은 치사한 것인지도 모른다
위문품이 배급되면
멋진 고향의 맛에
아이들처럼 기뻐하는 병사들이다

식사는 실로 고맙다
군량이 늦어진 때는
여러 날을 산속에서
부스러기만을 핥으며
죽만을 훌쩍거리는 병사들이었다

괴로운 길을 가는 도중
파란 야채라도 발견하면
병사들의 눈은 미각을 맛본다
잠깐 실례하는 사람도 있어
아욱이나 파 등을 조금 뜯어
포켓 등에 넣고 저녁식사를 꿈꾼다

전투가 드디어 완만하게 흘러가

——亞　細　亞　に　て——

敵彈がまだ沈默しない時でも
古つはものは平氣なもので
御馳走狩りをやつてのける
野菜畑へかけて行き
手さぐりに芋堀りなどの藝當をやつてゐる
たまには砲彈穴のまはりに
不思議にも傷のない芋が現はれて
敵彈のみやげを拾ふこともある
それは汁の實にうまく
ふかして頬ばると
なつかしい故郷の味がする
堀り立ての芋の何とおいしいこと！

兵隊は村を占領すると
もしや避難民が置き忘れた
鷄などのみやげはないかと
無邪氣に物色する
それはむしろ狩人の風流の趣きがある
一羽の鷄を見つけた兵隊の奇聲
それは逃げる鷄の聲よりもおかしく

적탄이 또 침묵하지 않은 때에도
늙은 병사들은 아무렇지 않게
먹거리 사냥을 해치운다
야채밭에 뛰어가서
손으로 더듬어 감자를 캐는 곡예를 펼친다
때로는 포탄구덩이 근처에
신기하게도 멀쩡한 감자가 있어서
적탄의 선물을 주운 적도 있다
그것은 국물 건더기로 잘
쪄서 볼이 미어지게 먹으면
그리운 고향의 맛이 난다
막 캐낸 감자란 얼마나 맛있는지!

병사들은 마을을 점령하자
행여라도 피난민이 잊고 남겨둔
닭과 같은 선물은 없는가 하고
순진하게 물색한다
그것은 오히려 사냥꾼 풍류의 정취가 있다
한 마리의 닭을 발견한 병사의 괴성
그것은 도망치는 닭의 소리보다도 이상하고

つかまへた時の歓声は大げさだ
罪のない御馳走狩りの
小さな波紋が
和やかなさわめきを擴げへくれる

名もない村の一日
今は主の少女もなく
初秋の陽に透明に熟した
庭先の鳳仙花の實をはちきつゝ
一羽の白い雌鶏が逃げ廻つてゐる

一羽の雌鶏を包囲追驟する
大兵の男らのにぎやかさ
餌をやる真似して
ぐつぐつと誘ふ聲
網のやうに兩手をひろげて
市を泳ぐあの格好　あの格好

住む人もない民屋の
取り亂したかまどの隅に

잡았을 때의 환성은 요란하다
죄도 없는 먹거리사냥의
작은 파문이
부드러운 웅성거림을 펼쳐준다

이름도 모르는 마을에서의 하루
지금은 주인인 소녀도 없어
초가을 햇볕에 투명하게 익어가는
앞마당의 봉선화 열매를 튕기며
한 마리의 하얀 암탉이 도망쳐 다니고 있다

한 마리의 암탉을 포위 추격한다
대군의 남자들의 북적거림
모이를 주는 흉내를 내며
구구 하고 꾀는 소리
그물처럼 양 손을 펼치고
허공을 휘젓는 그 모습 그 모습

사는 사람도 없는 민가의
어질러진 아궁이 구석에서

かちどき

戦ひの前
「かちどき」の名の一服は
勝ち戦さの火縄のやうに頼もしい

戦ひの後
先づ一服を深く服ふと
疲れをいやす
なつかしい煙の香りよ
胸のすく晴れ晴れしさがする

朝鮮の同胞から送られた

鈴びた古鍋でも見つけたら
塩や砂糖はなくとも萬歳だ
かしわ汁の珍味に舌鼓打つ
陣中の糞薬は醤はだ

녹슨 헌 냄비라도 발견하면
소금이나 설탕이 없어도 만세다
닭고기 국물의 진미에 입맛을 다신다
진중의 향연은 한창이다

승리의 함성

전투전에
"승전"이라는 이름의 담배 한모금은
승전의 화승처럼 믿음직스럽다

전투 후
먼저 담배 한모금을 깊게 들이마시면
피곤을 달래준다
그리운 연기향이여!
속이 후련해지는 상쾌함이 있다

조선 동포가 보내준

慰間のかちどきの火に
二千萬の銃後の心がこめてある
その煙草から煙草へとつがれる
貴い火に
「かちどき」の愛國心が燃えてゐる
この小さな煙草のみやげにも
内鮮一體の眞心が卸き結ばれてゐる

激戦のあと
かちどきをはり上げた
戦座の口もとへ
「かちどき」の味を靜かに味ふ

我が指先に
はるか銃後の愛國心がほほゑんでゐる
「かちどき」の小さな火華に
大きな同胞愛の象微の光を
ちつと見つめてゐる

（つづく）

위문의 승전 불꽃에
이천만 후방의 마음이 담겨있다
그 담배에서 담배로 이어진
귀한 불에
"승전"의 애국심이 불타오른다
이 작은 담배 선물에도
내선일체의 진심이 빛나고 맺어져 있다

격전 후에
승리의 함성이 올랐다
전진(戰塵)의 출입구에서
"승전"의 맛을 조용히 음미한다

나의 손가락 끝에
멀리 후방의 애국심이 미소짓고 있다
"승전"의 작은 불꽃에
커다란 동포애의 상징의 빛을
가만히 응시하고 있다

(계속)

東洋之光

排英問題特輯

八月號

發行 東洋之光社 京城

1939년 8월 『八月號』

19. 가마다 사와이치로(鎌田澤一郎) － 「배영의 격문(排英の檄)」

20. 신용균(申龍均) － 「이인석군을 찬양한다(李仁錫君を讚ふ)」

21. 다나카 하쓰오(田中初夫) － 「전원 교향곡(田園交響曲)」

다나카 하쓰오(田中初夫, 1906～?)

國民總力朝鮮聯盟위원, 시인, 작사가, 비평가

평론으로는 「민요의 철학적 고찰을 기반으로 한 조직체계 구성(民謠の哲學的考察に基づく組織體系の構成)」를 비롯해 「조선에 있어서 문화의 방향(朝鮮に於ける文化の在り方)」, 「국민문학서론(國民文學序論)」, 「조선 규방시집(朝鮮閨秀詩抄)」, 「문학적전통－반도에 있어서 국민문학서론 2 (文學的傳統－半島に於ける国民文学序論の二－)」(1941), 고사산 반석위의 맹세(古沙山盤石上盟(1942) 등이 있다. 이외에도 「국민근로의 노래(國民皆勞の歌)」, 「지원병행진가(志願兵行進歌)」 등을 작사하였다.

시 「미쓰자키 겐교의 가을바람곡에 부쳐(光崎検校－秋風の曲に寄せて－」, 「원시(原始)」(1941), 「싱가폴 함락(シンガポール陥落)(1942) 등이 있다.

22. 다노 데쓰비(多野徹尾) －「봉분(土饅頭)」

23. 김용제(金龍濟) －『아시아시집(2)(亜細亜詩集)(二)』「폭격(爆撃)」·「전차(戰車)」·「농성(籠城)」·「보초의 밤(步哨の夜)」·「말(馬)」·「아무렇지도 않다(屁とも思はぬ)」

排英の檄

廣江澤次郎

獨逸の鐵血宰相ビスマークは陰險にして狡猾又貪慾の利己主義の英國に適評を下して曰く

「英國人は個人として交際して見れば好個な紳士的だが、一度國家として動く場合は狡猾不信表裏なき全然別人の觀がある」

此英國が西曆一六三九年印度に着目し侵略し始め遂に全印度を併呑せし實歷を見よ。又一八四二年香港强奪以來の歷史に徵せよ。而して今回の日支事變に際しては蔣石介政權を煽動使嗾して東亞民族に未曾有の慘禍を蒙らしめし悲慘な事實を直視せよ。英國こそ人類の仇敵である。東洋平和の破壞者たる全責任は當然英國の負ふべきものだる事勿論である。

吾人は三億の印度人、四億の中國人を百數十年間の長年月、搾取し虐待したる英國を亞細亞より驅逐せざるべからず。西洋の諺に曰く

弱い者いぢめは臆病者だ。

"Bullis are, generally cowards"

偽善者英國を葬れ、臆病者英國を驅逐せよ、亞細亞の癌淸明朗化は先づ排英より！

奮へ亞細亞民族！　立て東亞の同胞！

배영의 격문

독일의 철혈 재상 비스마르크는 음험하고 교활 또 탐욕적이어서 극단적이고 이기주의의 영국에 대해 적절한 평을 내려 말하길

"영국인은 개인으로 교제해 보면 적당히 신사적이지만 한번 국가로서 움직일 경우에는 교활 불신 표리(겉과 속이 다른)한 전연 별개의 사람이다"

영국이 서양력인 1639년 인도에 착목해 침략하기 시작해 결국 전 인도를 병탄한 실력을 보라. 또 1842년 홍콩 강제 탈환 이래의 역사에 비추어 볼 수 있다. 직면한 이번 중일사변에 즈음해서는 장개석 정권을 선동 하여 동아민족에게 역사상 처음으로 참화를 입게 한 비참한 사실에 직시하라. 영국이야 말로 인류의 원수이다. 동양평화의 파괴자이다. 전 책임은 물론 당연히 영국이 져야 한다.

우리들은 3억의 인도인, 4억의 중국인을 백 수십년간 긴 세월, 착취해서 유지한 영국을 아시아에서 몰아내지 않으면 안 된다. 서양의 속담에 말하길

약한 자를 괴롭히는 자는 겁쟁이다.

"Bulis are, generally cowards"

위선자 영국을 매장하라, 겁쟁이 영국을 몰아내라, 아시아에서 숙청하여 명랑화 하는 것은 먼저 배영부터!

분투하라 아시아 민족! 일어나라 동아의 동포!

李仁錫君を讃ふ（推薦詩）

申龍均

半島の男の兒よ
敬愛する我等の志願兵
李仁錫君よ！
君の尊い最初の犠牲に
我等は感激と感謝の心を捧げる
君が志願兵に入營する時
君の家人や村人は
日の丸振つて送つて行つた
然して汝はよく習ひ

えらばれて大陸戰線に行き
名譽ある皇軍の一人としてよく戰つた
そして今は大和の櫻花
鍬後の我等も君の後を征かむ！
暴戾の敵殲滅に
我等も亦君の如く銃を執らん
嗚呼島出の英靈よ
祈り願はくは
安やかに護國の花とたれ！

이인석(李仁錫)군을 찬양한다

신용균

반도의 남자아이여
경애하는 우리의 지원병
이인석군이여!
그대의 숭고한 최초의 희생에
우리들은 감격과 감사의 마음을 바친다

그대가 지원병에 입영할 때
그대의 가족과 마을 사람들은
일장기를 흔들고 보내주었다
그리고 그대는 잘 배우고

선택되어서 대륙전선에 나가
명예로운 황군의 한 사람으로 잘 싸웠다
그리고 지금은 야마토의 벚꽃
후방의 우리들도 그대의 뒤를 따라 출정한다!

포악한 적을 격멸하기 위해
우리들 또한 그대와 같이 총을 쥔다
아아, 반도 출정의 영령이여
기도하고 바라니
편안히 호국의 꽃이 되어라!

田園交響曲

田中初夫

倨傲な嵐の吹き荒れる中に
じつと立つてゐることは容易ではない

風と共に空を履うてゆく黒い雲煙は
威勢がよくて勇ましいけれど
やがて視界から消え失せてしまふだらう

風に逆つて羽搏く鷲は
強く勇ましいけれど
流されてゐるのには氣が付かないのだ

전원 교향곡

다나카 하쓰오

거만한 태풍이 거칠게 불어대는 속에
가만히 서있는 것은 쉽지 않다

바람과 함께 하늘을 덮어가는 검은 구름들은
위세 좋고 용감하지만
이윽고 시계(視界)에서 사라져 없어지고 말겠지

바람에 거꾸로 날갯짓하는 독수리는
강하고 용감하지만
떠밀려가는 것은 눈치 채지 못하는 것이다

――田園交響曲――

あゝ　この時私は思ふ
嵐の中に立ちつくして微塵も動かず
嵐の聲に聞き入つたベェトゥヴェンを

（鉛筆は濡れ　五線紙はしめつてしまつたが
魂に刻まれた音符は
嵐の中で嵐の聲と息とをぎゆつと捕へた）

雲は消え失せてしまひ
鷺は傷き倒れたが
その吹き荒れる倨傲な嵐の聲の前に立つて
その吹き荒れる倨傲な嵐の聲を寫して
じつと沈思してゐるベェトゥヴェン

あゝ　今の世にして　私はベェトゥヴェンを切に思ふ

아아 - 이때 나는 생각한다
폭풍우 속에 계속 서서 조금도 움직이지 않고
폭풍우소리를 귀 기울여 들었던 베토벤을

(연필은 젖고 오선지는 축축해져버렸지만
영혼에 새겨진 음표는
폭풍우 속에서 폭풍우 소리와 호흡을 꽉 붙잡았다)

구름은 사라져 버리고
독수리는 상처입고 쓰러졌지만
거칠게 불어오는 오만한 태풍 소리 앞에 서서
심하게 불어오는 오만한 태풍 소리를 오선지에 옮기고
가만히 침묵해 있는 베토벤

아아 - 현재 나는 베토벤을 절실하게 생각한다

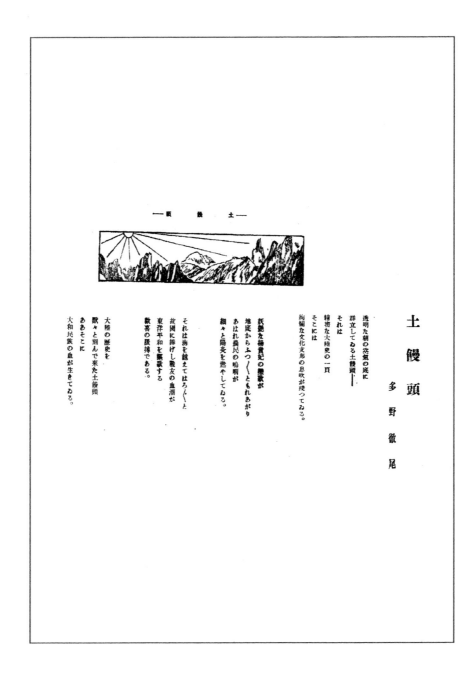

― 土 饅 頭 ―

土饅頭

多野徹尾

透明たる朝の空氣の底に
群立してゐる土饅頭ーー
それは
精密な大陸史の一頁
そこには
絢爛な文化支那の息吹が凝つてゐる。

妖艶な楊貴妃の戀歌が
地底からふつ〱ともれあがり
あはれ農民の嗚咽が
細々と陽炎を燃やしてゐる。

それは海を越えてはろ〲と
故國に捧げし戰友の血潮が
東洋平和を謳歌する
歡喜の脈搏である。

大陸の歴史を
默々と刻んで來た土饅頭
ああそこに
大和民族の血が生きてゐる。

봉분

다노 데쓰비

투명한 아침 공기 아래에
무리지어 서있는 봉분
그것은
정밀한 대륙사의 한 페이지
거기에는
찬란한 문화 중국의 호흡이 남아있다

요절한 양귀비의 연가가
대지 밑에서 부글부글 끓어올라
불쌍한 농민의 오열이
세세하게 아지랑이를 타오르게 하고 있네

그것은 바다를 건너 아득히 멀리
고국에 바친 전우의 피가
동양평화를 구가한다
환희의 맥박이다

대륙의 역사를
묵묵히 새기어 온 봉분
아아 − 그곳에
야마토 민족의 피가 살아있다

亞細亞詩集 (二)

金 龍 濟

爆撃

工兵の素早い作業が
見る間に荒野をならして
新らしい飛行場がつくられて行く

黒い肌を現はす
肥えた大地の上には
花の種でも蒔かれたら
美しい花園がすぐ現はれさうだ
なまなましい土の香りが
盒の男士の胸にしみこむ

蒼空の如爆撃には

아시아시집(2)

김용제

폭격

공병의 재빠른 작업이
순식간에 황야를 울리고
새로운 비행장이 만들어져 간다

검은 피부를 드러낸
비옥한 대지 위에는
꽃씨라도 뿌리면
아름다운 꽃동산이 금방 나타날 듯하다
생생한 흙 향기가
하늘 용사의 가슴에 스며든다

몇 대의 폭격기에는

──　爆　撃　隊　──

ガソリンが注がれ
爆弾が満載されて
荒鷲の銀翼は待機してゐる
皮の加那に身をかためた
若い乗組員らは
はや天上の空氣に胸をはづませながら
用勤の信號旗を持ってゐる

やがてプロペラが鳴り
機照は新しい根據地をすべって
あざやかに鏃をはなれる
自由なる空の壯途へ
爆撃隊は勇ましく飛んで行く

가솔린이 부어지고
폭탄이 가득 실려
은빛 비행기의 은빛 날개는 대기하고 있다
가죽으로 된 군복으로 무장을 하고
젊은 승무원들은
벌써 천상의 공기에 가슴을 두근대면서
출동의 신호기를 기다리고 있다

이윽고 프로펠러 소리가 울리고
기체는 새로운 근거지를 미끄러져
멋지게 육지를 떠나간다
자유로운 하늘의 장도에
폭격대는 용감하게 날아간다

——亜　細　亜　詩　集——

高くそして遠くなるにつれ
世界は眼下にひろがり
一枚の軍用地圖が
無限に移動してゐる
敵味方の戰列が
蟻のやうに分布されて見え
榴彈やクリークが
みみずの線を不規則に引いてゐる
敵の飛行隊と出つ喰はして
空中戦の火花を散らす
それも今は
上海戦の思ひ出となつてゐる
機上の機關銃は
低飛行の時
地上の敵を猛射する
それだけでは不服さうにまだ默つてゐる
我が荒鷲は
既に敵の頂上に冀をのして來た

높이 그리고 멀어짐에 따라
세계는 눈 아래에 펼쳐지고
한 장의 군용지도가
무한하게 이동한다
적군과 아군의 전열이
개미처럼 분포되어져 보이고
참호나 해안가 후미가
지렁이 선을 불규칙하게 그리고 있다

적 비행대와 맞닥뜨리면
공중전 불꽃을 튀긴다
그것도 지금은
상해전(上海戰)의 추억이 되었다
비행기의 기관총은
저 비행 때
지상의 적을 맹렬히 사격한다
그것만으로 불복하는 듯 계속 잠자코 있다

우리의 하늘의 용사는
이미 적의 정상에 날개를 펼치고 돌아온다

高射砲の彈丸が
あらぬ宙を打つのはよいが
小癪な小鐵彈が
幾つかの穴を翼に明けたらしい
機體と人體とは
全く一つの神經に緊張する

爆擊の戰機は熟した！
大膽な低飛行を敢行して
地上の偵察をする
敵の集中點を狙つて
爆彈の雨を浴びせる

投下機を踊り出す爆彈は
彈藥を包んだ太い鋼鐵の矢！
加速度の箭みで小さく疾くなつて
黑い豆粒が地上に落ちた瞬間
大たる噴火山を噴き上げる
物すごい勢で命中破壞する爆彈は
城壁を粉碎し

고사포의 탄환이
엉뚱한 하늘을 쏘는 것은 괜찮은데
작은 소총탄이
날개에 여러 개의 구멍을 뚫은 듯하다
기체와 인체는
완전히 하나의 신경에 긴장한다

폭격 전투기는 뜨겁다
대담한 저 비행을 감행하여
지상 정찰을 한다
적의 집중점을 노려
폭탄 비를 쏟아 붓는다

투하기를 춤추듯 쏟아내는 폭탄은
탄약을 감싼 커다란 철강의 화살
가속도가 붙어 작아지고 빨라져
검은 콩알이 지상에 떨어진 순간
커다란 활화산을 위쪽으로 뿜어 올린다
굉장한 열로 명중 파괴하는 폭탄은
성벽을 분쇄하고

砲塔を爆破し
敵のすべてのものを破碎する

一つの爆彈が爆發すると
幾千の新らしい破片が又物を云ふ
爆煙が上がり
火の手が擴がり ・
すべてのものを燒きつくす

爆撃の任務を果して
悠々と翼を轉じて歸る途
陸の友軍が
そこを早く占領することを祈る

頂い爆彈を
惜氣なく
敵にすつかりくれてやつた
歸りの機體は輕くて速い

포대를 폭파하고
적의 모든 것을 파쇄 한다

하나의 폭탄이 폭발하자
몇 천의 새로운 파편이 또한 효과를 나타낸다
폭연(爆煙)이 피어오르고
불길이 번져
모든 것을 불태워버린다

폭격의 임무를 다하고
유유하게 날개를 돌려 돌아오는 길
육지의 아군이
그곳을 재빨리 점령하기를 기도한다

무거운 폭탄을
아낌없이
적에게 모두 던져주었다
돌아오는 기체는 가볍고 빠르다

戦　車

大空を睥制する飛行隊が
空軍の荒鷲ならば
大地を席捲する戦車隊は
陸軍の荒獅子だ

戦車はげに鉄の不死身の怪物
車輪の鉄帯は恐ろしき牙
地上を刻んで猛進すると
向ふ所山なく川なく
敵はない

鋼鉄の心臓が
機関の熱意をたぎらせると
岩のやうな異様な図体が
地響きを立てて進んで行く

見よ！

전차

넓은 하늘을 제압하는 비행부대가
공군의 비행독수리부대라면
대지를 석권하는 전차부대는
육군의 사나운 사자이다

전차는 실로 철로 된 불사의 괴물
차바퀴의 철대는 무서운 이빨
지상을 잘게 조각내며 무섭게 진군하면
전방의 산이든 강이든
적은 없다

강철의 심장이
기계장치의 열의를 끓어오르게 하면
바위처럼 이상한 동체가
땅울림 소리를 내며 나아간다

보라!

──　泥　詩　繪　集　──

草木をなぎ倒し
山をよち登る
濁流を吹いて
クリークを渡る
敵兵を生垣にして
縮塊を踏み越える

鐵條網やベリケード
何んのその足の膜
城塞の鐵門に殷常りして
めりめりと打ち壊し
突然の血路を開く

戰聖の隊列が
前線を切る壯観は
海洋を賑する艦隊のやうだ
機關銃の猛射を開始すると
銃眼の火が烈々と怒り出す

おお戰車の偉力よ

초목을 차례로 쓰러뜨리고
산을 기어오른다
탁류를 뿜어내고
작은 샛강을 건넌다
적병을 산채로 매장하고
참호를 밟고 넘어간다

철조망이나 바리케이드
그까짓 것 발의 때
성벽의 철문을 온몸으로 부딪쳐
우지직 파괴하고
돌격의 활로를 열었다

철벽의 대열이
최전선을 끊어내는 장관은
해양을 제압하는 함대와 같다
기관총이 맹렬한 발사를 개시하자
총안의 불꽃이 열렬하게 뿜어 나온다

아아 – 전차의 위력이여

この大陸の戦線に
獅子の如く戦ひ
馬の如く耕せよ
東洋の道を切り開き
明日の建設の種をまく
トラクターのコースを敷け！

籠　城

山西省の山奥へ
勇敢な我が騎兵隊は
敵陣の中を突き進んだ

大陸の秋は深く
灌木の林は夕陽に映えて
赤い紅葉の色は
戦士の心に燃えかへつてゐる

周りはすべてトーチカの
山また山
谷また谷

이 대륙의 전선에
사자처럼 싸우고
말처럼 갈아엎게 하라
동양의 길을 열어젖히고
내일의 건설 씨앗을 뿌릴
트럭 경로를 안내하라

농성

산서성의 산속깊이
용감한 우리의 기마병은
적진 속을 돌진하며 나아간다

대륙의 가을은 깊어가고
관목 숲은 석양에 타올라
빨간 단풍색은
전사의 마음에 불타오른다

주위는 모두 토치카
산 너머 산
계곡 너머 계곡

前後左右には
敵の大軍がはびこり
味方は寡勢
馬は進めず
兵は退けず
友軍との連絡はとぎれて
援軍は來ず
四ヶ月の多を
飢寒の中に籠城して頑張る
一ヶ月糧秣で

眠れる獅子の如く飢えと戦ふ
陣肉の嘆を忍びつゝ
蛸壺式の穴の部屋をほり
餓土の山の横腹に

ああ戦死よりも悲しきは
さもしき飢えの悲しみぞ
鈴良た軍馬さへが
仲間のたてがみをむしり喰ひ
仲間の尻つぽを噛み切つて頬ばる
そのみじめな血は

전후좌우에는
적의 대군이 널려있어
아군은 열세
말은 나아가지 못하고
병사는 후퇴하지 못하고
우군과의 연락은 끊어져
지원군은 오지 않는다
1개월의 군량미로
4개월의 겨울을
굶주림과 추위 속에 농성하며 강경히 버틴다

적토의 산 측면에
참호식의 굴방을 파고
얄궂은 탄식을 남몰래 참으며
잠든 사자와 같이 굶주림과 싸운다

아아 - 전사보다도 슬픈 것은
정말 굶주림의 슬픔이구나
선량한 군마조차도
동료의 갈기를 뜯어먹으며
동료의 엉덩이를 물어뜯어 먹는다
그 비참한 생은

死よりもいたましい

籠城の近くに
食物を徴発する部落もなく
兵また斃け斃す
最後の粮が盡きてより
木の葉や木の皮をかちり
草の實や草の根を食ふ
ああその苦難の中にゐて
勝利と生命を信じつつ
敵ひと友軍を待つ
その涙ぐましい籠城の生活よ！

歩哨の夜

新らしく占領したばかりの
山上の陣地に
息の凍る冬の夜を
少哨は一人獣々と。
戦線の神經を守つてゐる

風蕭々として

죽음보다도 애처롭다

농성하는 근처에
먹을 것을 징발할 부락도 없고
병사 또한 움직이지도 못한다.
최후의 식량이 떨어진 뒤로는
나뭇잎과 나무껍질을 깎아먹고
풀 이삭이나 풀뿌리를 먹는다

아아 – 그 고난 속에서
승리와 생명을 믿으며
전투와 우군을 기다린다
그 눈물겨운 농성의 생활이여!

보초의 밤

새로 막 점령한
산위의 진지에
입김도 어는 겨울밤을
보초는 혼자서 묵묵히
전선의 신경을 지키고 있다

바람은 으스스하고

易水寒しと
支那の昔の詩人は歌つてゐるが
今は風も水も
大地の死のやうにすべてが凍りついてゐる
夜は駸々として更けて行き
あたりの山々は淒寂のひと色
低い松の影だけが
點々と皆肌に滲み通り
累々と轉がる敵の棄てた屍體を弔つてゐる
鬼氣のせまる時間の流れが
步哨の心臟の中と
腕時計のセコンドにだけ生きてゐる
目の前に立ちふさがつて見える
山脈の黑い襞が荒城のやうで
その背に傾いた缺けた月が
青龍刀のやうにさえ返つて
悲しげた光を淡く放つてゐる
遠い彼方の空には
夜の戰ひが酣はらしく
探照燈の光芒が

역수(易水)*는 춥다고
중국의 옛 시인이 노래한 것처럼
지금은 바람도 물도
대지가 죽은 듯이 모두 얼어붙어있다

밤은 조금씩 깊어가고
주위의 산들은 적막일색
키 작은 소나무 그림자만이
점점 바위표면에 깊이 스며들어
겹겹이 굴러다니는 적이 버린 사체를 애도하고 있다

소름끼치는 시간의 흐름이
보초의 심장 속과
손목시계의 초침에만 살아있다

눈앞에 가로막아서 보이는
산맥의 검은 벽이 황폐한 성과 같고
그 뒤로 기울어진 이지러진 달이
청룡도(靑龍刀)처럼 매우 맑아
슬픈 빛을 어슴푸레 내뿜고 있다

먼 저쪽 하늘에는
밤의 전투가 절정인 듯
탐조등의 빛줄기가

---

* 중국 하북성 역현을 흐르는 강에 위치한 곳을 말하며, 전국시대에 진시황
  을 암살하러 떠나던 형가가 이곳에 머무르며 시를 읊은 장소이다.

白い虹を移動させてゐる
音もない榴散弾が
綺麗な花火のやうに
無数の星屑を降らしてゐる

歩哨の眼と耳は
銃口のやうに
鋭く張りつめてゐる
防寒外套を裂く寒氣にたえがたく
時たま二三歩を前後すると
氣をつける我が腑かた雜沓にさへすは！
顔の案配かと我れに歸り
銃をしつかり握りしめたりする

山上の夜の歩哨は
ただ一人默々と
無名の叛徒のやうに立ちつくしてゐる
戰友らの今宵の靜かた夢を祈りつつ
銃りのやうに眼をみはり
前線の神經をちつと守つてゐる

하얀 무지개를 이동시키고 있다
소리도 없는 유산탄(榴散弾)이
아름다운 불꽃처럼
무수한 별똥별을 뿌리고 있다

보초의 눈과 귀는
총구처럼
날카롭게 빛나고 있다
방한외투를 찌르는 한기를 참기 어려워
이따금 세 걸음을 전후로 걸으면
조심하는 자신의 조용한 발소리에 마저 놀라
적의 낌새인가하고 정신을 차리고
총을 단단히 꽉 쥐고는 한다

산위의 밤 보초는
단지 홀로 묵묵히
무명의 동상처럼 내내 서 있는다
전우들의 오늘밤 조용한 꿈을 기원하며
총구처럼 눈을 크게 뜨고
최전선의 신경을 가만히 지키고 있다

馬

愛する馬よ
物云はぬ戦友よ
お前が勇ましいだけ
お前のやさしさは悲しく
お前が強いだけ
お前の青い眼は淋しい

・

愛する馬の淋しく大きい眼よ
静かに瞬く瞼と
青く光る眸に
空の神秘な色を照み
深い海底の鹹水を味ふ

可愛い馬の眼は
青い故郷の牧場の
なつかしい草の香りを思ふのか
俺はお前のために
どんな草花を摘めばよいのだらう

だがけなげな馬よ

말

사랑하는 말이여
아무 말하지 않는 전우여
네가 용감한 만큼
너의 상냥함은 가엽고
네가 강한 만큼
너의 파란 눈은 쓸쓸하다

사랑하는 말의 쓸쓸하고 커다란 눈이여
조용히 깜박이는 눈꺼풀과
파랗게 빛나는 눈동자에
하늘의 신비한 색을 읽어내고
깊은 해저의 소금물을 맛본다

귀여운 말의 눈은
파란 고향목장의
그리운 초목의 향기를 생각하는 것인가
나는 너를 위해
어떤 화초를 뜯으면 좋을까

그러나 기특한 말이여

お前の手柄には
神が勲章をこしらへてゐよう
騎兵の生ける城砦
お前は獅子のやうに戦場をかけ廻る
砲列を山へ引き上げ
弾薬や糧秣を運んで黙々とただ進む

無苛のまま黙々と重荷を運んで行く
お前は苦しさを訴へることも知らず
ちんばの足が石ころの道に血を吹いても
鉄蹄がなくなり

傷ついた馬の悲しき鳴き癈に
あの眼の淋しい背さを思ふ
自分の傷口をなめてゐる馬の
頂い賢きに
あの眼の可憐な運命を思ふ

焼けた木の下に
立つたまま休んでゐる馬よ
俺の口笛に

너의 공로는
신이 훈장을 준비해줄 것이다
기병이 사는 성채(城砦)
너는 사자처럼 전장을 달려다니다
포열을 산으로 끌어올리고
탄약이나 군량미를 나르며 묵묵하게 그저 진군한다

말발굽이 없어져
균형이 맞지 않아 돌 자갈 길에 피를 토해도
너는 괴로움을 호소할 줄도 모른 채
아무 말 없이 묵묵하게 무거운 짐을 지고 간다

상처 입은 말의 슬픈 울음소리에
그 눈의 쓸쓸함과 푸르름을 생각한다
자신의 상처를 핥고 있는 말의
무거운 눈 껌뻑거림에
그 눈의 가련한 운명을 생각한다

불탄 나무 아래에
선 채로 쉬고 있는 말이여!
나의 휘파람소리에

お前の長い耳を傾けて
故郷の恩ひを慰めるがいい
大陸のローマンスを聽くがいい

砲火に焦がれ
戰塵にまみれた、
お前の誇りあるたてがみよ
風と光の微笑みが
神の愛撫を吹いて來るだらう

可愛い無言の戰友よ
お前の鼻頭を叩いてやりながら
お前の賢い頭をのぞくと
感謝の涙がこみ上げて來るぞ
そしてお前の深い眼の底に
俺は聖なる鏡を見るやうだ
神に背ふ心の鏡よ!

屁とも思はぬ

激戰のあと
古つはものが
何時にない泣き顔で

너의 긴 귀를 기울여
고향생각을 달래려무나
대륙의 로맨스를 들으렴

포화에 타버린
전투 먼지에 범벅이 된
너의 자랑인 갈기여
바람과 빛의 미소가
신의 애무를 불어오겠지

사랑스러운 무언의 전우여
너의 콧등을 다독이며
너의 파란 머리를 들여다보면
감사의 눈물이 북받쳐 오른다
그리고 너의 깊은 눈 속에서
나는 성스러운 거울을 보는 듯하다
신에게 맹세하는 마음의 거울이여!

아무렇지도 않다

격전 뒤에
역전의 무사들이
평소와 달리 우는 얼굴로

股をひろげて匈ふやうに
クリークの水へ下りて行く

「妙な所をやられたら
お前の女房に一生怨まれるぞ」
誰かがさう云つて皆を笑はせる

「大きなお世話だ
俺様が
弾丸にやられてたまるものか」
苦笑をつくつて彼は云ふ

「弾丸にやられず
糞にやられた手柄話か
先のは大砲の背ではなく
お前のにぎやかな屁だつたわい」

「戦争は屁とも思はないが
腹の病氣にやかなはんや」
古つけものも
さすがにてれて頭をかいた
そこで又同情の爆笑が上つた　（つづく）

다리를 벌리고 포복하듯이
작은 샛강으로 내려간다

"자칫 거기라도 다쳤다면
자네 아내가 평생 원망할 걸"
누군가 그렇게 말하고 모두를 웃게 만든다

"쓸데없는 참견이다
내가
탄환에 맞을 성 싶냐"
쓴웃음을 지으며 그가 말했다

"탄환에 당한 게 아니라
똥에 당한 공훈인건가
방금 것은 대포소리가 아니라
자네의 요란한 방귀소리였구먼"

"전쟁은 문제가 안 되는데
배탈은 해볼 수가 없네"
백전의 노장도
역시 부끄러워 머리를 긁적인다
그때 또 동정의 폭소가 터졌다 (계속)

東洋之光

九月號

京城 東洋之光社 發行

1939년 9월 『九月號』

24. 스기모토 나가오(杉元長夫) － 「하늘을 정벌하는 자(空を征くもの)」

스기모토 나가오(杉本長夫)

시인, 교육가

1955년 시가대학교(滋賀大)에서 교수로 재직하였다.

시집으로 『돌에 부쳐(石に寄せて)』(1955)를 발간하였으며, 시 「용사를 생각하네(勇士を想ふ)」(1941), 「바다(海)」(1941), 「매화열매(梅の実)」(1942), 「결의(決意)」, 「틈입자(闖入者)」(1942), 「등대(燈臺)」, 「남진보(南進譜)」, 「덩굴의 생명(蔓の生命)」, 「해신의 노래(わたつみのうた)」(1943)」, 「1억분노(一億憤怒)」(1944), 「동원학도와 함께(動員学徒と共に)」(1945) 등을 잡지에 게재하였다.

25. 김용제(金龍濟) － 「아시아시집(3)(亜細亜詩集)(三)」「제비(燕)」·「반딧불이(螢)」

―のもく征を空―

詩 篇

空を征くもの

杉 本 長 夫

烈々たる空の陽<ひ>のもと
白き雲の集團は飛ぶ
喧噪と汚濁の巷をよそに
清純なる誇に輝き
高遠なる意志に從ふ
遠く俗眼もてながむれば
その動き遲々たる如く
さはあれどそは飛龍も追ひつかず
われもし火鳥の強き翼もて
その逞しき胸に入るとも

하늘을 정벌하는 자

스기모토 나가오

타는 듯한 하늘의 태양아래
하얀 구름 집단은 날아간다
떠들썩하고 오탁한 시가지를 아랑곳하지 않고
청순한 긍지로 반짝이며
고매한 의지에 순종한다
먼 세속의 눈으로 바라보면
그 움직임은 느린 듯하지만
차이는 있어도 그것은 비룡도 쫓아가지 못한다
우리 오시마(大島)의 강한 날개를 가지고
그 늠름한 가슴에 들어가려고

花雲なすそのこゝろ
觸れ得ざる神の姿の如く
われら求むる術もなけれ
たゞ望む大いなるその隊伍

泡立つ荒海の波頭の上を
涯もなく起伏する砂漠の上を
風たち起る嵯峨たる白嶽の上を
或は時に花々の咲き敷ける
香しき岡の上を

翔びゆきて　超えゆきて
歩み亂れず
喜びの運命のもとに
堂々の雲の進軍
そは　げにこそ
日の御旗染めぬきて
空を征く
わが荒鷲の象徵とも見ゆ。

눈꽃이 되는 그 마음

닿지 못하는 신의 모습 같이

우리들이 추구하는 기술도 없다

단지 소망하는 원대한 그 대오(隊伍)

물보라 이는 거친 바다(荒海)의 파도 위를

끝도 없이 기상하는 사막 위를

바람을 타고 올라가서 높고 험한 백악 위를

혹은 때때로 꽃들이 피어 깔려있는

향기로운 언덕 위를

날아가고 넘어가서

흐름도 흐트러짐이 없이

기쁨의 운명아래

당당한 구름의 진군

그것은 실로

일장기를 물들이고

하늘을 날아간다

우리 용감한 독수리 모습을 보라

—— 亞 細 亞 詩 集 ——

亞細亞詩集
(三)

金 龍 濟

一九 燕

可愛い小鳥よ
平和と愛の象徴のやうに
お前は昔から親はれて來た
だがそれはお前の
全部の價値の詩ではあるまい

この恐ろしい彈雨の中ですら
燕は平氣な顏をして
喃々と語り
巢々と巢を守り
いみじく子供をはぐくんでゐる
それが勇氣の象徵ではないだらうか

아시아시집(3)

김용제

제비

귀여운 작은 새여
평화와 사랑의 상징으로
그대는 옛날부터 불려 왔다
그러나 그것은 그대의
모든 가치를 말하는 시 일리가 없다

이렇게 무섭게 빗발치는 탄환 속에서 조차
제비는 아무렇지 않은 얼굴을 하고
재잘재잘 노래하며
정성스럽게 둥지를 지키고
용하게 아이를 기르고 있다
그것은 용기의 상징이 아닐까

それは惜いまでの
平和と愛の園ではある
だがそのために
燕はどんなに戦ってゐることか
その生活の勇氣は
むしろ鷲よりも強く美しい

小さい燕よ
お前が生活と戦ふ
その勇氣の美しさに
俺は甲冑の胸を
かうも懐しく打たれてゐるぞ

그것은 얄미울 정도로
평화와 사랑의 그림이다
그러나 그것을 위해
제비는 얼마나 싸우고 있는 것일까
그 생활의 용기는
오히려 독수리보다도 강하고 아름답다

작은 제비여
그대가 생활과 싸우는
그 용기의 아름다움에
나는 투구 갑옷을 입은 가슴을
이렇게도 그립게 느끼고 있구나

鳩も亦
平和と愛の名に於いて
燕と同じ呼名を持つてゐる
だがその伽藍の軍勢に
何と勇ましく戦つてゐることよ

燕が若しも
鳩のやうに馴されるものなら
素晴らしい勇士となるだらう
その翼には奇蹟の神がのつてゐる
どんな飛行機よりも
はるかに疾くはるかに長く飛ぶ

そこで罪のない空想だが――
人間と燕の
知想がもつと進んだら
伝書燕といふ
新らしい言葉が世界にはやるだらう

燕の平和と愛にだけ感傷する

비둘기도 역시
평화와 사랑의 명성으로는
종달새와 같은 호명을 가지고 있다
그러나 전령을 전하는 군대 업무에
너무나 용감하게 싸우고 있구나

제비가 혹시
비둘기처럼 길들여진다면
멋진 용사가 되겠지
그 날개에는 기적의 신이 타고 있어
어떤 비행기보다도
훨씬 빠르게 훨씬 오래도록 날 것이다

거기에 죄가 없는 공상이지만 ---
인간과 제비의
지혜가 더욱 발전한다면
전령의 제비라는
새로운 단어가 세계에 유행하겠지

제비의 평화와 사랑에만 감동하겠지

そんな詩は閩窓の佳人に任せるがいい
俺は燕の生活戦に讃嘆し
この小勇士の歌が謳びたいのだ

三月の驛を天の一角に待機して
故郷の土の巣を目指し
はるか南洋の群島から
萬里の荒波を飛んで來る
その勇ましさを思ひ見よ

漂渺とした海路を
茫茫とした奈路を
春ともなれば
燕は死を増してやつて來るのだ

ああ幾十萬の燕群が
海を呑み
空を懸して
黑雲のやうに翼を交へる
爽快なる意志よ

그런 시는 규방의 가인(佳人)에게나 맡겨두면 되리라
나는 제비의 생활전(生活戰)에 찬탄(讚嘆)하고
이 조그마한 용사의 노래를 칭송하고 싶은 것이다.

3월의 소리를 하늘 한 귀퉁이에 대기하고
고향 땅의 둥지를 향해
멀리 남태평양의 군도에서
만리의 황량한 바다를 날아오는
그 용맹함을 생각해 보라

넓고 끝이 없는 바닷길을
푸르고 드넓은 하늘길을
봄이 되면
제비는 죽음을 두려워하지 않고 찾아올 것이다

아아! 수십만의 제비 무리가
바다를 압도하고
하늘을 제압하여
검은 구름처럼 날개를 맞댄다
상쾌한 의지여!

食はず眠らず
止らず休まず
それは恐ろしい空軍の圖だ！

そして不幸にも颱風に見舞はれたら
地球の果へ飜弄され
力つき翼打られて
誰も知らない無数の犠牲が
大洋の底と葬られよう
その苦難の鵬程をば
燕は乗り越えてやつて來るのだ

平和の春を告げる
燕の喜びの歌
そればかりをただ復誦する
そんな詩人の心は不親切だ

俺は燕の意氣に感じ
ほんとにいたはつて受したい
そしてその勇氣に學びたいのだ！

먹지도 자지도 않고
멈추지도 쉬지도 않는다
그것은 놀라운 공군의 모습이다!

그리고 불행히도 태풍이 닥쳐오면
지구 끝으로 농락당해
힘이 다해 날개가 꺾여
아무도 모르는 무수한 희생이
큰 바다(大洋)의 먼지로 묻혀지겠지
그 고난의 역정을
제비는 극복하고 찾아오는 것이다

평화의 봄을 고한다
제비가 기쁨의 노래를
그것만을 단지 반복해서 부른다
그런 시인의 마음은 불친절하다

나는 제비의 기개에 감탄해
진정으로 위로하고 사랑하고 싶다
그리고 그 용기를 배우고 싶은 것이다!

二〇　螢

月のない夏の夜
閑として聲なく
戰場の靜寂の中に
大陸の空氣は蒸し暑く
兵隊の裸げた胸には
そよとの風も吹いては來ない

土臭い民屋の本部に
地圖を照らして策戰する
蠟燭の火がただ一つ
参謀らの鋭い視線よりも
光うすく物わびしい

狭いアンベラの部屋に
が烈疫する兵隊たちは
南京虫の猛襲に

반딧불이

달도 없는 여름 밤
조용히 소리도 없이
전장의 정적가운데
대륙의 공기는 무덥고
병사들의 벗어젖힌 가슴에는
살랑거리는 바람조차 불어오지 않는다

흙내 나는 민가 본부(本部)에
지도를 비춰서 작전을 세운다
오로지 촛불하나
참모들의 날카로운 시선보다도
빛은 어스름히 어쩐지 쓸쓸하다

좁은 막사동에
새우잠 자는 병사들은
빈대의 맹공격에

目...ず胴を描く掻き

木の下の草の襟に
露営する兵隊たちは
蚊群の吸血に堪えかねて
自分らの顔を
平手でやけに打ち漬けてゐる

あちこちに　・
二つ三つ煙草の火が明滅し
眠れぬままの寝物語りが
密にぬれた蓋みの壁で
用心深く靜かに語られてゐる

形ばかりの納屋の中に
愛する馬の
暑さを思ひ蚊を挑つてやる
木の枝扇ぐ人の心根

クリークの水の上には

잠들지 못하여 피부를 아프게 긁고

나무아래 풀섶에
노영하는 병사들은
모기떼의 흡혈에 참지 못하고
자신들의 얼굴을
손바닥으로 엉뚱하게 계속 때리고 있다

여기저기에
두 세 개의 담뱃불이 명멸하고
잠들지 못한 채 잠자리에서 나누는 이야기가
이슬에 젖은 묵직한 음성으로
조심스럽게 조용히 말하고 있다

허울뿐인 헛간에서
사랑스런 군마의
더위를 생각해 모기를 쫓아준다
나뭇가지를 부채질하는 사람의 마음씨

강기슭 물 위에는

穀物を密途する
百姓のこく支那船の音もせず
豆電燈ほど大きく見える
螢の光が凄愴に寄く
すうつと飛んで
すうつと消える

戦友の御魂のそれのやう
異郷の青山に眠られぬ
太古の流竄のそれのやう
青く淋しい螢の光は、

ねむられぬ夏の夜
しみじみと
亡き戦友を思はせる
クリークの螢の光！

（つづく）

곡물을 몰래 실어 보낸다
백성이 젓는 중국배는 소리도 없고
꼬마전구 정도로 크게 보이는
반딧불 빛이 매우 파랗게
스윽 – 날아서
스윽 – 사라진다

창백하고 쓸쓸한 반딧불 빛은
태곳적 유성 불빛 같이
타향의 청산에 잠들지 못하는
전우 영혼의 불빛같다

잠들지 못하는 여름 밤
통절하게
죽은 전우를 생각나게 한다
후미진 샛강의 반딧불이의 빛!

<계속>

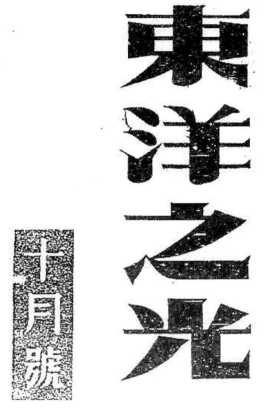

1939년 10월 『十月號』

26. 가마다 사와이치로(鎌田澤一郎) ― 「여행과 인생(旅と人生)」

27. 이노우에 노리코(井上紀子) ― 「스모와 점쟁이(相撲と卜者)」

28. 김용제(金龍濟) ― 「아시아시집(4)(亜細亜詩集)」(四)」二一「약혼자에게
(許婚へ)」· 二二「전쟁철학(戰爭哲學)」

―――生 人 と 旅―――

旅 と 人 生

鎌 田 澤 一 郎

この三年わが長旅のつゞくなり山河はるけくも生甲斐深し
旅にあればひと思ふことの篤くして心若くも立ち騒ぐなり
飛騨丸涛を觀立てて眼さすなり啄木の住みし函舘の町を（以下北海道の旅）
大沼に霧重く垂れて駒ヶ獄わづかに尾根の肌を曝せり
有珠岳は靜もり深しやがて又噴く日近からむわが心に似て
噴火灣夕凪ぎて暮し長汀の貝殻の白さに眼をとめて佇つ
スイスをここにいま見出したる喜びに微笑みにつつ峠を下る（洞爺湖）
夕張川今暮れんとしてかそかなり瀬は晉立てて夕光りつつ
朝濕める峡の阻路を歩みつつふと思ひ出せしひとの横顔
片隅の心の秘密に生甲斐を感ずるわれを薨みかねつ

여행과 인생

가마다 사와이치로

최근 3년 우리의 긴 여행이 이어지고 산하는 아득해도 사는 보람
깊어지고

여행 중에 있으니 그리운 사람 생각에 몰두해 마음도 젊어져 두근
거리네

히란마루(飛鸞丸) 물결을 일으키고 향한다 딱따구리 사는 하코다
테의 거리를(이하 홋카이도 여행)

오누마에 안개 짙게 깔린 고마가타케(駒ヶ岳) 겨우 산등성이 민낯
을 드러내네

우와타케는 조용히 깊어지고 머지않아 다시 분출하는 날이 가까
워진 우리 마음과 닮았네

훈카만(噴火湾)은 저녁 일찍이 더워져 길게 조개껍데기처럼 하얀
것에 눈이 머무네

스위스를 여기에서 다시 발견한 기쁨에 싱글벙글하며 고개를 내
려간다(도야호수:洞爺湖)

유바리(夕張)강 이제 어두워져 희미하네 바닷물만 소리내어 저녁
에 빛날 뿐

아침 습기 찬 산 벼랑길을 걸어가며 문득 떠오르는 그 사람의 옆모습

마음 한구석 비밀스럽게 삶의 보람을 느끼는 나를 멸시하는 듯

―相撲と卜者―

相撲と卜者

井上　紀子

阿呼合し今ぞ相打つ兩雄の肉彈ふるへり相打たむとす

獸獸とすまふ力士よ若ければ汝が太胸も思ふことあらむ

小山なす力士を合す豆行司の聲凛として胸にせまれり

躊躇する心を驅りて來かるゝ如く手相見の前に手をのべにけり

藥屑にすがる心か手相見の言の一二忘れかねつも

眼前の事にはふれずうらなひ者も生業かたき世を知り居るならむ

我と同じきをうかなる人が次次に手相見せをり少しなぐさむ

年たけて家事にはうとき子を欷く母よ子はしる知らぬにはあらず

ひつそりと書よむ夜半にしばしばもとく寢よとのちす母のくやしも

たらちねの母ののたもふ事事を背ひつつも服しかねをり

스모와 점쟁이

이노우에 노리코

호흡이 합쳐진 지금이야말로 서로 마주해 양쪽 영웅이 육탄전을 휘둘러 상대를 치려 하네

묵묵한 스모 장수여 젊다면 너희와 큰 도량으로 생각하는 것이 있으리

작은 산을 이루며 장수들이 서로 맞대고 스모심판원의 목소리 늠름하게 가슴에 파고드네

주저하는 마음을 몰아 탐색하듯 손금쟁이 앞에 손을 뻗치네

짚 부스러기라도 잡는 마음인가 손금쟁이 말 한마디 한마디 못 잊는 것도

눈앞의 일은 말하지 않는 점쟁이도 어려운 생업의 세상을 알고 있으리로다

나와 같이 뜻하지 않게 당황하는 사람도 차츰 손금을 보이고 조금 누그러지네

나이 들어 집일은 팽개치고 자식을 탄식하는 어머니여 자식은 알든지 모르든지 상관마라

가만히 소리 내 읽는 한밤중에 때때로 그만 자라는 어머니의 통한도

어머니 말씀하신 것들을 끄덕이면서도 복종하기 어렵네

亞細亞詩集（四）

金　龍　濟

二　許婚へ

愛するM子
今日は何と仕合せな日だらう
只今僕の手もとには〳
新の手で包まれた絞開品が屆いてゐる。

僕らは丁度
昨夜の夢を語り合つてゐる所だつた
或る仲間は
新妻と二人で旅行した夢を話した
僕は南洋の佃度になつた夢を話中東中

아시아시집(4)

김용제

약혼자에게

사랑하는 M子
오늘은 얼마나 행복한 날인지
방금 나의 손에는
그대의 손으로 포장한 위문품이 도착해 있소

우리들은 마침
어젯밤 꿈을 서로 이야기 하는 중이었다오
어떤 동료는
갓 결혼한 아내와 둘이서 여행한 꿈을 이야기했소
나는 남태평양의 추장이 된 꿈을 한창 이야기 하던 중

君からの贈物が來てくれた。

仲間らは
「脅炎の娘は可愛いだらうな
椰子の蔭のローマンスか……」
と哩いてゐたが
「さうら南洋からのおみやげだ
中は眞珠か椰子の實か……」
と歌ふやうに喜んでくれた。

僕は皆から少し離れた草の上で
君の手紙を一人讀んでゐる

당신으로부터의 선물이 온 것이었소

동료들은
"추장의 여자는 어여쁘겠지
야자나무 그늘의 로맨스인가……"
하고 묻기도 하고
"이봐, 남태평양의 선물이다
안에는 진주일까? 야자나무 열매일까?……"
하고 노래하듯이 기뻐해 주었소

나는 모두에게서 조금 떨어진 풀 위에서
그대의 편지를 홀로 읽고 있소

二度も三度も讀んでゐる
銃後の守り固く
君が元氣で何より嬉しい。

君のペン字はなか〴〵達者で
何時もよりナつと角が取れたやうだ
歇い線が感情のやうに流れてゐる
みづ〳〵しいインキの香りがなつかしい。

君に送られて出征した思ひ出
あれから早や二年が流れた
その月日のいのちは光り
この手紙にも
君の美しい成長が物語られてゐる
君からの「お守」は
今も汗に滲みて肌身についてゐる
その又上から君の手紙を
そつと抱きしめて見たりする。

두세 번도 더 읽고 있소
후방의 수비를 굳건히 하는
당신이 건강해서 무엇보다 기쁘오

당신의 펜글씨는 꽤 훌륭하여
평소보다 훨씬 원만해진 듯 하오
부드러운 선이 감정처럼 흘러가고 있소
신선한 잉크의 향기가 그립소

당신에게 배웅받으며 출정했던 추억
그로부터 벌써 2년이 흘렀소
그 세월의 생명은 빛나고
이 편지에도
당신의 아름다운 성장을 말하고 있소
당신에게서 받은 '부적'은
지금도 땀에 젖은 채 깊숙이 간직되어 있소
그 위로 당신의 편지를
가만히 안아보곤 하오

僕は今悲壮な戰爭を生活してゐる
だがM子俊笑んでくれ
ここには戰場らしいスナップが擴がり
大陸のアラビヤン・ナイトが澤山ある
故郷のやうな若草が靑く萌え
故郷にない花も足もとで笑つてゐる。

春先の靑空の彼方に
二年も掃き潰さぬ靑春の横顔——
それはどんな彫塑よりも幸福なインスピレ・
雲間の炎花のやうに
うつとりとまどろむ心持さへするのだ
さうだM子
君のまだ知らないやうな
名もない支那の花をそつと送らうか。

君は國防婦人會で
けなげにも働いてゐるといふ
それでこそ僕らも

나는 지금 비장한 전장 생활을 하고 있소
그렇지만 M子가 미소지어 주오
여기에는 전장 같은 스냅숏이 펼쳐지고
대륙의 아라비안나이트가 많이 있소
고향처럼 어린 풀이 파랗게 싹트고
고향에는 없는 꽃도 발밑에서 웃고 있소

초봄의 파란 하늘 저쪽에
2년이나 다 그리지 못한 청춘의 옆 모습 ----
그것은 어떤 화성(畵聖)보다도 행복한 인스피레이션(inspiration)
한낮의 해바라기처럼
깜박 선잠든 마음마저 든다오
그렇소 M子
당신이 아직 알지 못하는
이름도 없는 중국 꽃을 가만히 보내볼까요

당신은 국방부인회에서
활발하게 일하고 있다고 하니
그렇기 때문에 우리도

心弱く戦さが出来るといふものだ
活花の稽古も忘れがちに
銃後の仕事に遽してゐるといふ
それは花よりも美しい心だ。

君の贈物のお禮をのべよう――
僕らは屑のとらない賜物に飢えてゐる
書物と文化は　　　　　・
殺場でも水のやうに必要なものだ
今度も雑誌を忘れてくれないのは
本當に有難いプレゼントだ。

僕が手紙を讀んでゐる中に
君の雑誌は既に行方不明になつてゐる
それはまるで女王のやうなもて方だ
このやうにして表紙が取られ
屑紙になるまで愛讀されて行くのだ。

今度の口繪は素晴らしく出來てゐる

든든하게 전투를 할 수 있는 것이오
꼿꼿이 배우는 것도 잊어버리고
후방의 업무를 다하고 있다니
그것은 꽃보다도 아름다운 마음이오

당신이 보낸 선물에 감사를 표하오
우리들은 부담스럽지 않게 읽을 것에 굶주려있소
책과 문화는
전장에서도 물처럼 필요한 것이오
이번에도 잡지를 잊지 않고 보내 준 것은
정말로 고마운 선물이오

내가 편지를 읽고 있는 사이에
당신이 보내준 잡지는 이미 행방불명이 되었소
그것은 마치 여왕과 같이 인기가 있소
이렇게 해서 표지가 뜯어지고
너덜너덜해질 때까지 애독되어질 것이오

이번 머릿그림은 정말 훌륭하오

戦争畫報を見る兵隊は
それが現に自分達の寫眞ではなしに
ナポレオンの名畫のやうに思ふのだ
そこに謙虚なヒロイズムが輝く。

君へのこの返事を書いてゐる。
小學生のやうに鉛筆をなめなめ
僕は君の手紙を讀み讀み
愛するM子

君の美しい成長を青空の胸に描くと
僕の心は何かしら
聖なる若い興奮を覺える
何も云ふまい　何も云へないのだ
何も書くまい　何も書けないのだ。

緑の薫風にゆられて
足もとに戯れる大陸の花を
君のために摘み上げて見る。

전쟁화보를 보는 병사들은
그것이 실제로 자신들의 사진이 아닌
나폴레온의 명화라고 생각하오
거기에 겸허한 영웅주의가 빛나오

사랑하는 M子
나는 당신의 편지를 읽고 또 읽으오
소학생처럼 연필을 핥고 또 핥으며
당신에게 답장을 적고 있소

당신의 아름다운 성장을 파란하늘의 심장에 그리면
나의 마음은 어쩐지
성스러운 젊은 흥분을 느끼오
아무 말도 필요 없소 아무 말도 할 수 없소
어떤 것도 적지 않소 어떤 것도 적을 수 없소

초록의 미풍에 흔들려
발밑에서 장난하는 대륙의 꽃을
당신을 위해 꺾어 보오

1939년 10월 『十月號』 237

そして靜かに微笑みながら
僕は又銃劍にみがきを掛けてゐる！

二二 戰爭哲學

兵隊はそれを知らないし語らない
だが彼等こそその價値に生きてゐる

ことに美しく白い手の
二人の戰爭哲學者がある
僧侶型の一人は罪惡を說き
英雄型の一人は萬歲を叫ぶ
一人は人類の圖を嘆き
一人は歷史の光を描く
彼等はノーブルな象牙塔の陣地で
哲學の「小刀磨き」に餘念がない
それは戰爭と平和に役立つだらうか
質はカントに與へられた批判の言葉と思へ
彼等の武器は美しい
古典的に飾られて

그리고 조용히 미소를 지으며
나는 다시 총검을 손질하고 있소!

전쟁철학

병사는 그것을 알지 못하고 말하지 않는다.
하지만 그들이야말로 가치롭게 살고 있다

여기에 아름다운 하얀 손을 가진
두 사람의 전쟁 철학자가 있다
승려 같은 한 사람은 죄악을 설파하고
영웅 같은 한 사람은 만세를 외친다
한 사람은 인류의 어둠을 탄식하고
한 사람은 역사의 빛을 그린다

그들은 노블(noble) 상아탑의 진지에서
철학의 '창칼 손질'에 여념이 없다
그것은 전쟁과 평화에 도움이 되는 것일까
실은 칸트에게 주어진 비판의 말이라고 생각하라
그들의 무기는 아름답다
고전으로 장식되고

藝術的に錆びたペンである。
これらの名聲あるペンが
戰爭の神から興へられたか
平和の神からさづかつたか
誰もそれを知るものはあるまい。

無駄のない無駄が語られ
論爭のための論爭が勇ましい
そして高い觀念建築が築かれて行く
それが現實の一つの流彈にて
儚なく崩れる城なることを
彼等は知らない裡哲學的である。

機砲が戰爭の道具であることは
彼等もその輕蔑する常識で知つてゐよう
だがその持ち方さへも知つてはゐない.
そしてだたなる戰爭の概念が
哲學的な千萬語の寳物を作る
實際に打たれた彈丸が

예술적으로 녹슨 펜이다

이들의 명예로운 펜이
전쟁의 신으로부터 받은 것인가?
평화의 신으로부터 받은 것인가?
누구도 그것을 아는 사람은 없을 것이다

헛됨이 없는 헛됨을 이야기하고
논쟁을 위한 논쟁이 활발하다
그리고 높은 관념의 건축이 세워져 간다
그것이 현실의 총탄 하나에 의해
덧없이 무너지는 성인 것을
그들은 알지 못할 정도로 철학적이다

대포가 전쟁의 도구인 것은
그들도 그 경멸하는 상식으로 알고 있겠지
그러나 그것을 쥐는 법조차 알지 못한다
그리고 단지 전쟁의 개념이
철학적인 천만 언어의 서적을 만든다
실제로 쏘아진 탄환이

前へ飛ぶか後へ疾るかも知らずに
そんな事は物理學だから
彼等の哲學圏外だとうぞぶいてゐる

空想的な平和主義の倫理性が
敵兵の傷に赤十字の繃帶を捲いてやる
一人の看護婦の心にも及びはしない
觀念的な戰爭の讃美論が
一個の小銃彈よりも物は云つてゐないのだ。
・、

兵隊達は
戰爭哲學を知らないし語らない
そんな事を思ふ詩經のすゝさへないのだ
哲學なるオアシスの流れが
一滴の水筒の水にも値ひはしない
哲學なる眞珠の玉は
缶を打つ空氣銃にも役には立たない。

戰場の勇士たちは
生死の彼方に
ただ生命を捧げてゐる

앞으로 날아갈지 뒤로 날아갈지도 모르고
그런 일은 물리학이니까
그들은 철학권 외의 것이다고 모른 체하고 있다

공상적인 평화주의의 윤리성이
적병의 상처에 적십자의 붕대를 감아준다
한 사람의 간호사의 마음에도 못 미친다
관념적인 전쟁의 찬미론이
일개 소총탄보다도 효과를 나타내지 못하는 것이다

병사들은
전쟁철학을 모르고 말하지 않는다
그런 일을 생각할 신경 쓸 틈조차 없는 것이다
철학적인 오아시스 흐름이
한 방울의 물통의 물보다도 가치가 없다
철학적인 진주 구슬은
참새를 쏘는 공기총에도 도움이 되지 않는다

전장의 용사들은
생사의 저편에서
단지 생명을 바치고 있다

戦ひに生き！
戦ひに死ぬ！
偉大なる戦爭をちかに生活してゐる
彼等こそ無青の哲學の者かも知れないのだ。

戦爭の哲學を思ふ
兵隊たちに
そんな馬鹿げたひまがあつたら
一服のなつかしい煙草の輪を吹き
悠々と流れる白雲て滲るだらう
耕壊のふちの花を愛し
雲雀の歌を樂しむだらう。

親愛なる勇士たちは
そんな戦爭哲學は知らない
月夜の城砦の如く
獸々と守り
夜明けの砲壁の如く
股々と發行する
そこに生きた哲學がある
兵隊はその價値に生きてゐるのだ！。〈つづく〉

전쟁에 살고
전쟁에 죽는다!
위대한 전쟁을 바로 곁에 두고 생활하고 있다
그들이야말로 무언의 철학자인지도 모르는 것이다

전쟁철학을 생각하는
병사들에게
그런 바보 같은 여유가 있다면
그리운 담배 한 개피로 원을 만들어
유유히 흐르는 하얀 구름에게 보내겠지
참호 가장자리의 꽃을 사랑하고
종다리의 노래를 즐기겠지

친애하는 병사들은
그런 전쟁철학은 알지 못한다
달밤의 성벽처럼
묵묵히 지키고
새벽녘 포성처럼
은은하게 발언한다
거기에 살아있는 철학이 있다
병사들은 그 가치로 살아있는 것이다!

(계속)

1939년 11월 『十一月號』

29. 김용제(金龍濟) － 『아시아시집(5)(亜細亜詩集)(五)』 二三「어머님께(母へ)」· 二四「배급미(配給米)」

亞細亞詩集（五）

金　龍　濟

二三　母へ

お母さん
戰線にも大陸的な秋が來ました
村にはもう稻刈が始まつたでせう
あなたが日参する
神武の森でもモスが鳴くでせう

お母さんは何時も
戰地の私が
リウマチスか風土病にやられるかと
心配してくれてゐますが

아시아시집(5)

어머님께

김용제

어머니
전선(戰線)에도 대륙적인 가을이 왔습니다
마을에는 벌써 벼 베기가 시작되었겠지요
당신이 매일 참배하는
신사의 숲에서도 나방이 울겠지요

어머니는 항상
전쟁터에 있는 제가
류마치스나 풍토병에 걸리지는 않았는지
걱정해 주십니다만

かの日露戦争の敵だつたといふ
そんた軍隊狷はありません

上陸して暫くは
炎夜の強行軍に
両足が豆だらけで
地下袋をはき投けたものでした
今は肉の豆が鐵の皮となつて
馬の鐵蹄よりも丈夫になりました
私は野營の夜などよくお母さんの
なつかしい夢を見ることがあります

옛날 러일전쟁의 적이었다는
그런 군대병은 없습니다

상륙해서 얼마 동안은
밤낮의 강행군에
두 발이 물집투성이가 되어
버선에 밑을 댄 것을 계속 신어야 했습니다
지금은 살의 물집이 철 가죽이 되어
말 발굽보다도 단단해졌습니다

야영하는 밤이면 나는 자주 어머니의
그리운 꿈을 꾸고는 합니다

私は戰地の身となつてから
あなたの愛の深く大きいことを
今更のやうに膚に感じてゐます

今の私の孝行は
お母さんを一日も忘れないこと
つまらぬ病氣で犬死しないこと
あなたが神様に日参する
そのお心に酬ひることだと信じてゐます

お母さん　　・
戰線に哭く母性愛と云へませうか
母の愛には國境がないのでせう
氣の毒な避難民は
我が宣撫隊が世話してゐますが
あなたの年齢の女の人が
死を恐れずに子供や孫を守る
涙ぐましい情景をよく見てゐます

나는 전쟁터에 온 몸이 된 후
당신의 사랑이 깊고 큰 것을
지금에 와서야 어렴풋이 느끼고 있습니다

지금 나의 효행은
어머님을 하루도 잊지 않는 것
시시한 병으로 개죽음하지 않는 것
당신이 신에게 참배하는
그 마음에 보답하는 것이라고 믿고 있습니다

어머니
전쟁터에 핀 모성애라고 할까요
어머니의 사랑에는 국경이 없는 것이겠지요
불쌍한 피난민은
우리 의무대(宜撫隊)가 돌봐주고 있습니다만
어머니 연배의 여인이
죽음을 두려워하지 않고 아이들과 손주를 지키는
눈물겨운 정경을 자주 보고 있습니다

或る若い母は
ひもじさに泣きつく赤坊に
乳も喉も乾いてしまつたので
自分の唇を噛み切つたのか
丁度傷ついてゐる血を
赤坊にすすらせてゐました
私達が食物を與へてやると
青い顔をしたその母は
赤坊をしつかり抱きしめることによつて
私達への感謝の意を表するのでした
私はそこでも泣かんばかり
母の愛と力の強さを見ました
そしてあなたのことを思ひました

母を思ふ私の熱い心の眼は
この地上に擴がつて行きます
支那の廣い大地が
そこに住む善良な百姓らの
大きな母の掖のやうに思はれます

어떤 젊은 엄마는
배고픔에 계속 우는 아이에게
젖도 침도 말라버려서
자신의 입술을 깨물었는지
마침 상처나 있는 곳의 피를
아이에게 빨아먹게 하였습니다
우리들이 먹을 것을 주자
창백한 얼굴을 한 그 엄마는
아이를 꼬옥 껴안는 것으로
우리들에게 감사의 뜻을 표했습니다
나는 그때도 울음을 참으며
어머니의 사랑과 강력한 힘을 보았습니다
그리고 당신을 생각했습니다

어머니를 생각하는 나의 뜨거운 마음의 눈은
이 지상으로 넓게 퍼져갑니다
중국의 넓은 대지가
거기에 사는 선량한 농부들의
넓은 어머니의 품처럼 여겨집니다

私の目の前には
秋の香りがさわやかな風を呼び
豊かに實つた麥畑に黃金の波を流します
それは全く麥の海のやうな感じです
私達はその中を
幾日も戰ひながら進んでゐます

お母さん考へても御覽なさい
この海のやうな麥の海を
支那の百姓は
その親類のやうな
無骨の家畜と共に耕すのです
彼等の太い手の温さで
一粒一粒づつの麥の種が蒔かれて
このやうな麥畑が出來るのです

百姓たちは土そのもののやうに
無知で飾氣で素朴ですが
彼等は土の子のやうに

나의 눈앞에는

가을 향기가 상쾌한 바람을 불러옵니다

풍요롭게 결실맺은 보리밭에 황금물결이 출렁입니다

그것은 정말 보리 바다처럼 느껴집니다

우리는 그 속을

며칠이나 싸우면서 전진하고 있습니다

어머니 생각해 보세요

이 바다 같은 보리 바다를

중국 농부는

그 친척과 같은

무언의 가축과 함께 경작합니다

그들의 두꺼운 손의 온기로

한 알 한 알 보리씨가 뿌려지고

이처럼 보리밭이 되는 것입니다

농부들은 바로 그 대지처럼

무지하고 둔하고 소박합니다만

그들은 대지의 자식처럼

土に母のやうな愛着を感じてゐます
土の中に生を亨け
土の中に死を植えて行くのです

それは本當に恐しい力です
彼等には政治がどうあらうと
土さへあればいゝと云つた生き方です
戰爭さへも馴れてゐるせいか
風災か何ぞのやうに見るらしく
軍隊が來たら逃げ
軍隊が去つたら又
何事もなかつたやうに
大地にへばりついた土の家へ歸ります

百姓達の金神經は
土の精神そのものゝやうです
彼等は捌子の貴い血統を
土の生活で讃像してゐるやうです

땅에서 어머니와 같은 애착을 느끼고 있습니다
땅 속에서 생명을 얻고
땅 속에 죽음을 묻어 갑니다

그것은 정말 무서운 힘입니다
그들에게는 정치가 어떻든지 간에
땅만 있으면 되는 그런 삶의 방식입니다
전쟁마저도 익숙해진 탓인지
재해가 뭐냐는 듯이
군대가 오면 도망가고
군대가 철수하면 다시
아무 일도 없었던 듯이
대지에 붙어있는 땅집에 돌아갑니다

농부들의 모든 신경은
대지의 정신 그 자체인 듯합니다
그들은 어머니와 자식의 소중한 혈연을
대지의 생활에서 유전하고 있는 듯합니다

掘を轟ふやうな
子がかわいがられるやうな、
この豊かな大地と善良な百姓とを思ふと
偉大なる母の象徴が考へられます

支那の政権が倒れても
財閥や銀行が破産しても
土のやうな百姓たちは
土と共に生きて行けるのでせう
私はそこでも
自然に於いてさへ母なる愛が
どんなに有難いものかを知りました

お母さん
私はあなたを思ふ餘り
色々な母の世界を
このやうな戦塲で學ぶことが出來ました
私はそれらの生きた教訓を
晴れの凱旋の日

어머니를 그리워하듯
자식이 사랑받듯
이 풍요로운 대지와 선량한 농부들을 생각하면
위대한 어머니의 상징이 생각납니다

중국의 정권이 쓰러져도
군벌이나 은행이 파산해도
대지와 같은 농부들은
땅과 함께 살아가겠지요
나는 거기에서도
자연에서조차 어머니의 사랑이
얼마나 고마운 것인지를 알게 되었습니다

어머니
나는 당신을 생각한 나머지
여러 어머니의 세계를
이처럼 전쟁터에서 배우게 되었습니다
나는 그것에서 살아있는 교훈을
맑은 개선의 날

あなたへの
戦跡のみやげにしたい と念じてゐます

二四　配給米

悲しい運命に蒼ざめた
飢えた大蛇が蠢くやうに
青いゴム服の列がうねつてゐる

傷れな避難民
無数の失業群
温かい家よりも
楽しい職場よりも
今はたゞ餓飢の鬼となり
今日の釜の中味が生命のすべて

うら若い女の顔
それも表情のない飢えの哀顔
あみだ口の老婆の顔
それも表情のない飢えの沈獣

당신에게
전승 선물로 드리기를 염원하고 있습니다

배급미

슬픈 운명에 창백해진
굶주린 구렁이가 꿈틀거리듯이
파란 누더기 옷의 행렬이 물결치고 있다

불쌍한 피난민
무수히 많은 실업인 무리
따듯한 집보다도
즐거운 직장보다도
지금은 단지 굶주림의 원귀가 되고
오늘의 가마솥 안에 든 것이 생명의 모든 것

젊디젊은 여자의 얼굴
그것도 표정이 없는 굶주림의 애원
아미타여래 입구의 노파의 얼굴
그것도 표정이 없는 굶주림의 침묵

青年や少年は
ひもじう飢えの力でものを云ふ
蒼ざめた大蛇の列は
簞を手に手に
軍票を手に手に
配給米の順番を爭ふ

我が軍票で米を貰ふ
不幸な良民たち
だが與へるものの愛の心を
米の價値以上に感謝する
その良心すら飢えの表情に盛りがち
たゞドンランと米を追ふ

この米こそは
全日本の農民の汗と血の玉
それが東洋建設の礎として

청년이나 소년은
오히려 굶주림의 힘으로 말한다
창백한 구렁이의 행렬은
손에 손에 바구니를 들고
군표(軍票)를 손마다 들고
배급미의 순번을 다툰다

나의 군표로 쌀을 받는다
불행한 양민들
그러나 주는 사람의 사랑의 마음을
쌀의 가치 이상으로 감사한다
그 양심마저 굶주림의 표정으로 어둡다
단지 탐욕으로 쌀을 쫓는다

이 쌀이야말로
전 일본 농민의 땀과 피의 구슬
그것이 동양건설의 씨앗이 되어

飢ゑた支那の生命の中に踏かれて行く
その貴いねうちを
彼等もやがては知るであらう

だが地上にこぼれた米の
一粒一粒を
勿體なささうに拾ふ彼等の姿！
それは米粒よりも貴い心の眞珠だ
――靈魂は輝くうなづいてゐる

（つゞく）

굶주린 중국의 생명 가운데 뿌려져 간다
그 귀중한 가치를
그들도 결국에는 알게 되겠지

그러나 지상에 떨어진 쌀
한 알 한 알을
아까운 듯이 줍는 그들의 모습!
그것은 쌀알이라기보다도 소중한 마음의 진주다
- 배급원은 격렬하게 수긍하고 있다

東洋之光

新年號

京城 東洋之光社 發行

1940년 1월 『新年號』

30. 시이키 미요코(椎木美代子) − 「영년기원(迎年祈世)」

31. 김용제(金龍濟) − 『아시아시집(6)(亜細亜詩集)(六)』 二五 「국경에서(國境にて)」・二六 「바람의 말(風の言葉)」・二七 「고언(苦言)」

迎年祈世

椎木美代子

ひとすじの民の赤心は元旦の社頭高らの柏手にこそ

年明けし朝きざせる烈々のこれの赤心や天にもひびけ

明けそめし御稜威の年の朝踏く澎湃の音は心耳に満ちつ

初日光わが身に添へばひともとの醜の誇りと沸つ血潮や

盡殿のきびしき字面思ひて三たびの年の朝戻しむ

영년기원

시이키 미요코

한줄기 백성의 마음은 설날의 신사 부근 높은 박수로다

새해가 밝아 내일 싹뜨는 열열한 이 마음이야 말로 하늘에도 울려 퍼져

날이 밝아 천황 휘광의 해인 내일, 듣게 되는 팽배한 소리는 마음과 귀에 가득차네

신년 첫날의 빛이 내 몸에 곁들여지면 한 무더기 추악한 먼지와 끓어오르는 혈기로다

성전의 엄한 뜻 생각하여 재삼 정월 초하루 경건해지네

亞細亞詩集（六）

金　龍　濟

二五　國境にて

午前零時！
時計が凍るやうな現實の沈獸
世界が燃えるやうな神話の情熱
何か悲壯なものが消えて
何か壯麗なものが現はれる……
創造の神々の秘密の囁きを
玉露にきらめく星の言葉に聞かす
車窓に揺れる古びたランプをぢつと見ると
地上の詩想に靈感の火が走る

아시아시집(6)

김용제

국경에서

오전 0시!
시계가 얼어붙는 듯한 현실의 침묵
세계가 불타는 듯 신화의 정열
뭔가 비장한 것이 사라지고
뭔가 장려할만한 것이 나타난다……
창조 신들의 비밀의 속삭임을
옥로에 반짝이는 별들의 말에 귀 기울이지 않고
차창에 흔들리는 낡은 램프를 가만히 보자니
지상의 시상(詩想)에 영감(榮感)의 불길이 치솟는다

- 인쇄 불량으로 내용파악 어려움 -

この地帯を
俺と疾る國際列車は
豆滿江の鐵橋を飛んでゐる
驀進する機關車は
熟したレールの線で時板を切るやう
後は秋深き故郷の夜
前は夢多き大陸の曉

すぎた日の苦しい思ひ出は
夜の流れと共に豆滿江が逃び去り
この兩側の河岸には

이 지대를
나와 빠르게 달리는 국제열차는
두만강 철교를 달리고 있다
매진하는 기관차는
뜨거워진 레일선에서 때로 판자를 자를 듯하다
뒤는 깊은 가을 고향의 밤
앞은 꿈 많은 대륙의 새벽

지나온 날의 괴로운 추억은
밤의 흐름과 함께 두만강이 실어가고
이 양측의 강기슭에는

— 인쇄 불량으로 내용파악 어려움 —

若き我等の拓士を呼んでゐる

狭き礁磧の地の
天災頼きの凶作を訴へてゐた老人も
上等なトウガラシの種を自慢した南方の女も
鳳仙花とホウズキの種袋を弄んだ少女も
かの大陸の烈土に種蒔く夢を樂しむやう
走る捕檻に任かせて安らかに眠つてゐる

親愛なる移民たちの
善良な寝顔に幸福な夢が宿るやう
彼等の過ぎた日の謎しみを
おれ一人で歌ひ忘れよう
そして彼等の明日の歌を
新らしき世界へ贈るべく胸を燃やしてゐる
ちつと見つめる古いランプの焔は
おれの欲の光りと共に燃え熾がり

들려오는 대륙의 처녀들은
젊은 우리 개척자들을 부르고 있다

좁고 돌이 많은 메마른 땅
계속되는 천재지변과 흉작을 한탄하던 노인도
질 좋은 고추종자를 자랑하던 동남아시아의 여자도
봉선화와 꽈리의 씨앗주머니를 가지고 놀던 소녀도
그 대륙의 검은 땅에 씨앗을 뿌리는 꿈을 기대하는 듯
달리는 유람차에 몸을 맡기고 편안하게 잠들어 있다

친애하는 이민자들의
선량하게 잠든 얼굴에 행복한 꿈이 깃들도록
그들의 지난날의 슬픔을
나 혼자서 노래하고 잊어버리자
그리고 그들의 내일의 노래를
새로운 세계로 보내기 위해 가슴을 불태우고 있다

가만히 응시하는 낡은 램프의 불빛은
나의 노래의 빛과 함께 번져가고

二六　風の言葉

先駆者の意氣で走る國際列車よ
我等の人生を樂土へ導け
まだ見ぬ大陸の花線よ
かん身の美しき笑顔の前から
國境の夜務を拂つて我等を迎へよ！〈豆満江にて〉

見るもの
聞くもの
おれは異國的な珍らしさを想像した
だが大陸の秋風は
南方の白い頬を荒々しくなぐり
古いセンチメンタリズムの炎をひんむき
島ぼい炎の瓶蓋で
若者の眼と耳と鼻をふさいで仕舞よ
おれは求め悪思を上げ

− 인쇄 불량으로 내용파악 어려움 −

선구자의 기개로 달리는 국제열차여
우리들의 인생을 낙토로 안내하라
아직 보지 못한 대륙의 신부여
당신의 아름다운 웃는 얼굴 앞에서
국경의 밤안개를 걷고 우리들을 맞이하라!

(두만강에서)

바람의 말

보는 것
듣는 것
나는 이국적인 진기함을 상상하였다
그러나 대륙의 가을바람은
동남아시아의 하얀 얼굴을 몹시 거칠게 때리고
오랜 센티멘탈리즘의 껍질을 벗겨
검은 먼지의 연막으로
도회(都會)의 눈과 귀와 코를 덮어버리고 만다

나는 처음 비명을 지르고

汝にはすぐ赤く沁入つた
そして都會のハンカチで紅塵を拂はず
口を開けて胸一ぱい吸はうとした
それは大陸の強い呼吸
そして土の生活の逞しい音譜だ

おれは土の眼で新らしき土の魂を見
土を吸つた胸で大地を歌はう
見るもの聞くもの
それは珍らしい異國の情景ではなく
新らしい世界の建設譜だ

図們から牡丹江まで
我等の列車は大陸を行く
輝く憲兵が銃劍と共に眼を光らせ
車窓車窓には武裝した醫藥が働いてゐる
彼等の貴い苦勞のかげに
大陸の平和な建設が花咲き
旅客の交ぶ△夢△歌謠ぜれてゐる

곧이어 바로 수줍어 얼굴을 붉혔다
그리고 도회의 손수건으로 붉은 티끌을 털어내지 않고
입을 열고 가슴 가득 숨을 들이마시려고 했다
그것은 대륙의 강한 호흡
그리고 토지 생활의 씩씩한 음계 악보다

나는 대지의 눈으로 새로운 땅의 영혼을 보고
땅을 들이마신 가슴으로 대지를 노래하리라
보는 것, 듣는 것
그것은 새로운 이국의 정경이 아닌
새로운 세계 건설의 악보다

투먼(圖們, 지린성)에서 목단강(牡丹江)까지
우리들의 열차는 대륙을 달린다
각 역의 헌병이 총검과 함께 눈을 빛내고
차량 차량마다 무장한 이동경찰이 일하고 있다
그들의 소중한 노고 덕분에
대륙의 평화로운 건설이 꽃을 피우고
철도 여행객의 편안한 꿈이 이루어지고 있다

おれは感謝の茶を進めながら芋栗と語る
車窓の外には濃末の丘陵が
紅葉に赤く掩はれて美しく
果てしない平野には稲と粟の黄金が波打つ
沿線に點在する部落には
殆んど朝鮮の移民が多く住み
豊かな稲田はみな彼等の功績だ！
国道を建設する「愛路」の勇士たち
その光るツルハシの下に、
黒パンのやうに崩れる沃土の香り
種さへ蒔けば
一握の肥料なしで實る大地の恵み
おれもこのまま飛び下りて耕やし
黒光る土を頬ばりたい衝動にかられる
鶏の鳴く農家ののきには
甘藷蔓と瓦色の南瓜が鈴成りだ

나는 감사의 차를 권하면서 무장한 이동경찰(警乘)과 이야기한다

차창 밖에는 관목(灌木)의 구릉(丘陵)이
단풍에 빨갛게 덮여 아름답고
끝없는 평야에는 벼와 좁쌀의 황금 물결이다
연선에 흩어져있는 부락에는
거의 대부분 조선 이민이 많이 살고
풍요로운 벼의 논은 모두 그들의 공적이다

국도를 건설하는 '애로'의 용사들
그 빛나는 곡괭이 아래에
호밀빵처럼 부서지는 옥토의 향기
씨앗까지 뿌리면
한 움큼의 비료 없이 열매 맺는 대지의 혜택
나도 이대로 뛰어내려서 논밭을 갈고
검게 빛나는 흙을 한입 가득 먹고 싶은 충동에 휩싸였다

닭이 우는 농가의 처마에는
일장기와 오색의 − 인쇄 불량으로 내용파악 어려움 −

日の當る茸ぶきの屋根には
赤いトウガラシが光つてゐる
ミレーの平和な絵のやうに
落穂を拾ふ娘たちが腰を上げ
親しい手をふつて旅客をねぎらふ
おれは飛び下りて彼等と語りたい

この東満の廣い天地に
今は第二世第三世が生を築き
樂しき生を營んでゐるが
垠潤時代の彼等の悲哀はひどく
それは惡魔の夢だつたといふ
邪慾の直前まで
惡德の地主や債鬼に
女勞や娘までも毟はれ
毎年毎年もぐらのやうに
耕やしては逐はれ
耕やしては又逐はれ
豊かな大地の驚きかいのが
かへつて怨めしい放浪の運命だつた

별이 쬐이는 짚으로 이엉을 엮은 초가지붕에는
빨간 고추가 빛나고 있다
밀레의 평화로운 그림처럼
떨어지는 벼 이삭을 줍는 아가씨들이 허리를 펴고
친근한 손을 흔들어 여행객을 치하하고 위로한다
나는 뛰어 내려가서 그들과 이야기하고 싶다

이 동만주 넓은 천지에
지금은 제2세, 제3세가 삶을 세우고
즐거운 삶을 영위하고 있지만
군벌 시대의 그들의 비애는 심해서
그것은 악마의 꿈 같았다고 한다
사변 직전까지도
악덕 지주나 빚쟁이에게
아내나 딸조차도 빼앗기고
매해 매년 두더지처럼
경작을 하고 쫓겨나고
경작하고 다시 쫓거나
풍요로운 대지가 끊기지 않는 것이
오히려 원망스러운 방랑의 운명이었다

今は荒らしい至理の實員て
黒い凶鳥のやうな匪賊の群れも
鑿耶の威力で影を断ち
太陽と大地に恵まれて
太平を謳ひながら
明日の黄金地帯を耕やしてゐる

先驅の兄弟よ
前線の勇士よ
車窓にふるおれの手に大陸の風が鳴るぞ
心からの親願の肝薬を秋風に聞け！

二七　苦　言

愛すべき圖們の市民たちよ
その八割もある朝鮮の仲間よ
君等は圖們の主人
そして大陸への案内者だ

だが國際街の悲しき性格が
君等の或るものを不幸にするのだらうか

지금은 새로운 왕도의 세계에
검은 흉조(凶鳥)같은 비적(匪賊)들의 무리도
황군의 위력으로 그림자를 잘라내고
태양과 대지의 은혜를 입어
태평을 노래하면서
내일의 황금지대를 경작하고 있다

선구의 형제여!
전선의 용사여!
차창에 흔드는 나의 손에 대륙의 바람이 날린다
마음으로부터 축복의 말을 가을바람으로 들어라!

고언

사랑하는 투먼(圖們)의 시민들이여
그 8할이나 되는 조선 동포여
그대들은 투먼의 주인
그리고 대륙에의 안내자다

그러나 국제 거리(國際街)의 슬픈 성격이
그대들의 어떤 것을 불행하게 하는 걸까

大陸へ来る人々を接對する
それらしい看板を着た花形諸君よ
君等一人の不親切や不注意が
どれだけ滿洲の印象を惡くさせ
どれだけ諸君を輕蔑させるかを
諸君は人間の名で反省すべきだ

新築した立派な邸には
不貞腐れたアバタの女中は向かぬ咨
遠来の客の顔に唾を吐くやうな
そんな不都合な支驛番はいらぬ咨
だが國際街の不幸な習性が
又はその有頂天な看板が
君等の心惜をさうさせたのだらうか

法網を逃れた密輸の「前科者」よ
惚れた看板でものを云ふ「且那方」よ
身の程知らぬ旅館のボーイよ
矢鱈に威張り
譯なく怒鳴る「ェラ方」よ
ロハの入場券でケチをつけ

대륙에 오는 사람들을 접대하는
그러한 간판을 붙인 선망의 대상 여러분이여!
그대들 한 사람의 불친절이나 부주의가
얼마나 만주의 인상을 나쁘게하고
얼마나 여러분을 경멸케 하는지
여러분은 인간의 이름으로 반성해야합니다

새로 지은 훌륭한 저택에서
심통어린 마마자국의 여자 하인은 상대하지 않을 것이다
멀리서 온 손님의 얼굴에 침을 뱉는 듯한
그런 무례한 현관 문지기는 필요할 리 없다
그러나 국제거리의 불행한 습성이
또는 그 기고만장한 간판이
여러분의 심정을 그렇게 만들었던 것일까?

법망을 피한 밀수업자의 '전과자'여!
초라한 간판으로 행세하는 '주인장(且邦方)'이여!
분수를 모르는 여관의 보이여!
제멋대로 거만하게 굴고
이유 없이 큰소리로 고함치는 '잘난 나으리(エラ方)'여!
공짜 입장권으로 트집을 잡고

制闘等の旅行を尭庵する乞食根性よ
君等の勝手な綴るさが
どれだけ同們の名舉を汚すか思へ。

急激に変つた時勢のおかげで
成金的な「出世」をした君等よ
同胞の識者の口からさへ
「おれも朝鮮人だが
朝鮮人は仕方がない！」
ああ骨の砕かれるやうな
この嘆きを恥ちたまへ

大陸の狂風のやうに
まだジプシーの根性をなほさぬ諸君よ
一銭銅貨を金貨にいばらうとする
憐れな地位を冒瀆するな。

ああ不幸なる同們の花形諸君
同僚の内地人の單純さを學べ
同僚の満洲人の純眞さを習へ。
だが同們の諸君を愛すればこそ
かく云ふ旅人の苦言を甘んぜよ。（つづく）

극단 여행을 방해하는 거지 근성이여
그대들이 마음대로 휘두르는 악습이
얼마나 투먼의 명예를 더럽히는지 생각하라

급격하게 변한 시세(時勢)덕분에
벼락부자 같은 출세를 한 그대들이여
동포 학식자의 입에서조차
"나도 조선인이지만
조선인은 어쩔 수가 없어!"
아아! 뼈가 부서질 듯한
이 한탄을 창피하게 여기라

대륙의 광풍처럼
아직 집시 근성을 버리지 못하는 그대들이여!
한 푼의 동전을 금화로 자랑하려고 하며
불쌍한 지위를 모독하지 마라

아아 불행한 투먼의 화려한 그대들이여!
동료 내지인의 단순함을 배우라
동료 만주인의 순진함을 배우라
그러나 투먼의 여러분을 사랑하기 때문에
이렇게 말하는 여행객의 고언을 달콤하게 여기라!

(계속)

1941년 12월 『十二月號』

32. 가네무라 류사이(金村龍濟, 김용제) － 『아시아시집(7)(亜細亜詩集)(七)』
「버림돌(捨石)」·「산의 신화(山の神話)」·「고향의 구름(故鄕の雲)」

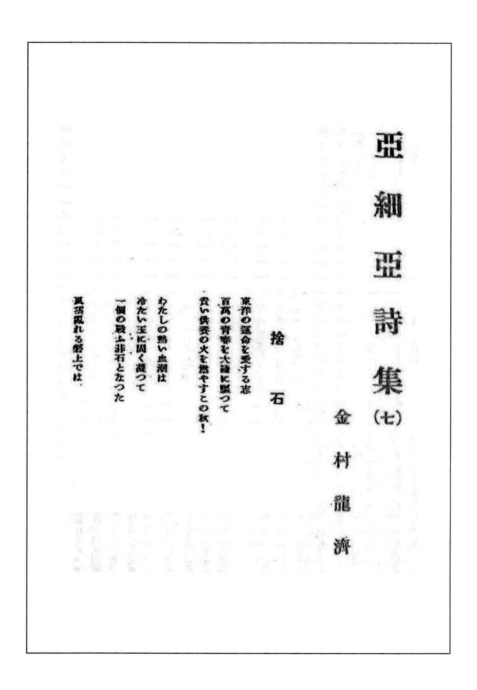

亞細亞詩集（七）

金村龍濟

捨石

東洋の運命を愛する志
百萬の青春を大陸に驅つて
貴い供養の火を燃やすこの秋！

わたしの熱い血潮は
冷たい玉に固く凝つて
一個の戰ふ非石となつた

風雪亂れる嶺上では、

아시아시집 (7)

가네무라 류사이(김용제)

버림돌

동양의 운명을 사랑하는 의지
백만의 청춘 대륙으로 달려가
소중한 공양의 불꽃을 불태운 이 가을!

나의 뜨거운 이 피는
차가운 구슬로 단단하게 응어리져
한 개의 싸우는 바둑돌이 되었다

풍운에 흐트러지는 장기판에서는

今や生死嶽急の非常局面
わだしは一點を守る無告の小石
戰ひ經つて勝つまでは
あくまで動かず、また動かれず
ただ守るのみ、死してやむのみ
味方の石らを生かすために
ここぞ死場所であつたなら
玉と碎けて捨石になつてやらう

지금은 생사 완급의 비상 국면
나는 한 점을 지키는 무언의 작은 돌

싸움이 끝나고 이길 때까지는
언제까지나 움직이지 않고, 또한 움직이지 못한다
단지 지킬 뿐, 죽음으로 끝날 뿐

아군의 돌들을 살리기 위해서
여기가 죽을 장소라면
옥으로 깨어져 버림돌이 되리라

やがて不弥と朝焼の日が閃ちて
亜細亜の空に美しい夜が開けたら
われらの拾石も銀河の星座に光るだらう

（第三十四）

山 の 神 話

四季の蜜に色づく山のあるところ
千古の光を浴びて樹々は捕いてゐた
山寺の鐘の響も空の襞に呑まれ
人馴の幾も遠く絶えて聞えなんだ
密林地帯に住む山の人々は
原始の火と斧だけで強く生きてゐた
峰の高みに鷲のやうに巣を結んだ
谷の深みに屍のやうに穴を堀つた
はがねの斧を風に鳴らす男たちは
仏刑のはづみで大木を地上に倒して行つた

이윽고 불행과 죄악의 날이 닫히고
아시아 하늘에 아름다운 밤이 열리면
우리들 버림돌도 은하의 별자리로 빛나게 되겠지

(제 30편)

산의 신화

사계 구름에 물드는 산 자락에
천고의 빛을 받은 나무들은 손짓하며 부르고 있다
산사의 종소리도 하늘 주름에 삼켜지고
인가 마을의 닭소리도 멀리 끊어져 들리지 않는다
밀림지대에 사는 산사람들은
원시의 불과 도끼만으로 강하게 살고 있었다

봉우리 꼭대기에 독수리처럼 둥지를 잇는다
계곡 깊이 호랑이처럼 굴을 판다
강철 도끼로 바람 소리를 일으키는 남자들은
콧노래 가락에 거목을 지상에 쓰러뜨려 갔다

火の神のやうに蜜を焚く女たちは
梶や栂の丸木を傾見たいに折つて投げこんだ

炎を燻く平和な青い蜓は
壺も夜も山の精氣にたなびいてゐた
顔の手のやうに眞黒く俯いて
世の人々のために火の種を貰ぎながら
山鳥のやうなつましい生活を樂んだ

美しい五月の陽が山畑に當り
馬鈴薯の花が紫に咲きにほふと
少女たちは玉蜀黍の鬚で赤い玩具を編んだ
夏は麻絲で凉しい佩人の帶を手織り
冬は毛皮の枕で神農の夢を見た
み山の神製や祖先の祭りのために
石碓の中には山葡萄の酒が何時も青かつた

불의 신처럼 아궁이에 불을 때는 여자들은
떡갈나무나 참나무의 통나무를 엿처럼 툭툭 끊어서 던져 넣는다

숯을 굽는 평화로운 파란 불꽃은
낮에도 밤에도 산의 정기에 길게 뻗어있다
곰의 손처럼 새까맣게 일하고
세상 사람들을 위해 불씨를 바치면서
산새처럼 검소한 생활을 낙으로 삼았다

아름다운 5월의 햇살이 산전에 비추고
감자꽃이 보라색으로 피어 향기나면
소녀들은 옥수수 털로 붉은 완구를 짠다
여름은 마로 시원한 선인(仙人)의 허리띠를 손으로 짜고
겨울은 털가죽 베개로 신농(神農)의 꿈을 꾼다
산들의 신전이나 선조의 제사를 위해
지붕기와에는 산포도주가 항상 파랗다

泣く子をだますおどし言葉に
猿などの話では小斤もかさなかつた
足の長い章魚が裏の岩から下りて來て
船に乗せて海へ行く話では樂をのんだ
――ああ山の掟りかとは有難いかな！

若者は樹脂の情熱で語り
鼓は花瓣の微笑で囁いた
鹿を呼ぶ合圖を森かげに歌へば
谷々に谺して山彦が呼び合つた
山の神話を谷孫に語り傳へる百番の翁
その髪のやうに白い歯並で胡桃を割つてゐた

（第三十一篇）

故郷の雲

ゑるさとの秋の丘に來て
いたづらな心臓の下に踊り沸き

우는 아이를 달래고 으르는 말에
이리같은 이야기는 귓등으로도 듣지 않았다
다리가 긴 장어가 뒤쪽 바위에서 내려와
배를 타고 바다에 가는 이야기에는 숨을 죽였다
– – 아아! 산의 요람은 고맙기도 하여라!

젊은 사람은 고무나무수지의 정열로 이야기하고
아가씨는 꽃잎 같은 미소로 속삭였다
사슴을 부르는 신호가 숲 그늘에서 나고
계곡마다 메아리가 메아리쳐 서로 부른다
산의 신화를 증손(曾孫)에게 말로 전해주는 백수의 노인
그 머리처럼 하얀 치열로 호두를 깨고 있다

(제 31편)

고향의 구름

고향의 가을 언덕에 와서
짓궂은 마음은 팽창되어 용솟음치고

栗鼠のやうな村の子供らと遊びながら
霊がゆれる鈴なりの柿の木の上で戯れた
そしてなめらかな積をいくつも嚙みこんだ

やはらかな臙色の土を一口嚙んで見たかつた
梨の苵させて食ふ子供らにまじつて
抜き立てのみづみづしい大根を皮のまま
青光る夏雲の洞は地下深く浸みこんだ——
花佼む春雲の蜜は野葡萄の茎に凝つて滴り

我がみ親らの神さびて墓はれる
七賢埴の廟堂の懷に柱に
あとに青丹の雲まつらふ遺徳の薫りも凍しく
をさな聲で昕詩を誦んだ餘韻が胸に來て
苦ふいた碑文を節つけて讀んで見た

八聖山の紅葉颯々と鳴る秋風の中を登り

다람쥐 같은 마을 아이들과 경쟁하면서
구름이 흐르고, 종이 울리는 감나무 위에서 장난을 친다
그리고 부드러운 씨앗을 몇 개나 삼켰다

꽃 안개 낀 봄 구름의 꿀은 개머루의 보라색으로 엉기어 떨어지고
파랗게 빛나는 여름 구름의 술은 지하 깊이 고였다 ‒‒
막 뽑은 싱싱한 무를 껍질째
배를 먹는 소리를 내며 먹는 아이들 틈에 섞여
부드러운 머리색 같은 흙을 한입 베어 물고 싶었다

우리 선조 신들의 청취가 그리워진다
일곱 현인단(賢壇) 서당의 난간 기둥에
황록색(青丹) 구름도 복종하고 유덕(遺德)의 향기도 그윽하다
여린 음성으로 당나라 시를 암송하고 그 여운이 가슴에 느껴져
이끼를 닦은 비문을 가락 붙여 읽어본다

팔성산(八聖山)의 낙엽이 윙윙하고 울리는 가을 바람 속을 올라

あげ庭の蕾を見せて背を舞ふ頂きで
知井川が細く輝く廣い平野を見おろした
黄や青や赤や白の雲がはなやかな錦を敷いて
稲も野菜も唐辛も稿も我が世を謳つてゐた
名もなさ才錦も咎すに飄然と訪れた
この不實な薔薇をしんみに悩つてくれた
見覺えのない年寄から旅丈と呼ばれてうろたえた
そはそはと物いふ都なまりの我が口元へ
「葵や」と呼べと手を振られて痛み入つた
ああ、小五とせ前の少年らしい夢の數々よ
綠の芝生にどろごろと悶えた空想の日々よ
美しき雲と飛ぶといふ青い鳥に憧れて
草の根をむしつて出奔の陰謀を編んだ思出よ
遠い山々の彼方にもその闇は見なんだが‥‥
ああ、旅室の雲とあだに散つたこの男

날아간 매의 배와 등이 보이는 정상에서 나는
지비천(知非川)이 가늘게 반짝이는 너른 평야를 내려다보고 있다
황색, 파랑, 빨강이나 하얀색의 구름이 화려한 모양의 대자리를
깔고
오동나무도 야채도 고추도 목화(棉)도 세상을 노래하고 있다

이름도 없이 비단옷도 입지 않고 홀연히 찾아온
이 부실한 고향 사람을 친절히 맞아 위로해준다
본적도 없는 노인이 집안 어른이라 부르니 당황하였다
안절부절못하며 말하는 나의 도시 사투리에
"할매"라고 부르라며 마주 잡은 손을 흔드니 황송해졌다

아아! 열다섯 살, 그 옛날 소년 같은 꿈들이여!
녹색 잔디에 뒹굴뒹굴 괴로워한 공상의 날들이여
아름다운 구름에 날아다닌다는 파랑새를 동경하여
풀뿌리를 쥐어뜯으며 도망칠 음모를 짰던 추억이여!
먼 산들 저쪽으로 그 나라는 보이지 않지만……

아아! 여행하며 하늘의 구름과 쓸데없이 싸우는 이 남자

今またこの丘に經てふるさとの空を仰ぐかよ
倒さまに投げ出した我が曲戀の足先に
憐れにもから廻りした靑春の地球儀よ——
股間に浮ぶ輕い雲を見て嘆きはふと風を吸った

乳色の雲間からあなたは俟しく微笑んだ
人の子の涙がほろりと頬づちを走つたが
由田の叢の霜に翁の汪が滑り落るやう
砂浜の貝塚に海潮の音が忍び寄るやう
蠢すだく母の蒸で不來の罪菜を取つてゐると

栗を焼く子らの年を敷えて見つつ
別れた長い歳月を指折るをさな女だちは
我が寄りも悔ひも底まで知るか知らぬか——
歸りたいなら歸れ、歸りたくなくとも歸れ
飴色の牡牛も犁鋤も貸さうと親しく云ふ

（第三十二篇）

지금 다시 이 언덕에 누워 고향의 하늘을 우러러 보는가
쓰러질 듯 내던져진 나의 곡예의 발 밑에
불쌍하게도 헛돌았던 청춘의 지구의(地球儀)여!
가랑이 사이로 떠 있는 가벼운 구름을 보고 탄식은 문득 바람을 들
이마셨다

벌레가 우는 어머니의 묘지에서 불효의 풀을 뜯고 있자니
모래밭의 조개무지에 조수의 소리가 살며시 다가오는 듯
산전의 옥수수 줄기에 이슬방울이 미끄러져 떨어지듯이
자식의 눈에서 눈물이 떨어져 뺨 위를 흐르지만
우윳빛 구름 사이에서 당신은 상냥하게 미소지었다

밤을 굽는 아이들의 나이를 짐작해보면서
헤어진 오래된 세월을 손가락으로 꼽는 어린시절 친구는
나의 자랑도 후회도 속마음을 아는지 모르는지 …
돌아가고 싶다면 돌아가라, 돌아가고 싶지 않아도 돌아가라
황색의 방목도 쟁기와 괭이도 빌려주겠노라며 친절하게 말하네

1942년 1월 『新年號』

33. 노천명(盧天命) 著 · 김용제 譯 － 「젊은이들에게(若人に)」

若人に

盧　天　命

昨日までも事なき得に
今日は道行く人の靴音も力強く
十二月の凍さえる月の下
鈴鳴り響く一枚の號外にも
國の思ひに身をひきしめる市民たち──
長き屈辱を齒に嚙みし
かの老ひ朽ちたるイギリスに
かの成り上り者のアメリカに
我が帝國は遂に聖戰を宣告せり。
正義のために、東亞民族の解放のために
我らは焰の軍輪を馳らせたり。
制服を脱ぎ棄て、懷しき大學の庭を飛び出して

젊은이들에게

노천명

어제까지도 일이 없던 거리에
오늘은 길 가는 사람들의 발소리도 힘이 있고
12월 서리에 얼어붙는 달 아래
종소리 울리고 한 장의 호외에도
나라 생각에 마음을 다잡는 시민들…

긴 굴욕을 이를 악물고서
그 늙고 썩은 영국에
갑자기 출세한 자인 미국에
우리 제국은 결국 성전을 선고했다
정의를 위해, 동아민족의 해방을 위해
우리들은 불꽃 수레바퀴를 굴리게 했다

제복을 벗어던지고, 그리운 대학 교정을 뛰쳐나가서

戦場へ走り征く若人もありき。
祖國のために、人類永遠の平和のために
我が若人の胸底に
バクのやうに燃え上る赤き祈りよ
男ましき心、頼もしき心、銃後の守りは固し。

石を嚙み砂を吐くとも、我らは勝つべし。
戦ひに破れし國の悲惨なる丞を
君知らざるや、君見ざるや
石を嚙み砂を吐くとも、我らは勝つべし。

兄弟よ、この地の若人よ
亜細亜の空にあはたゞしき朝は来たれり。
いざ起てよ！
祖國のために、亜細亜民族の輝放の爲めに
かの勇壮なるラツパの聲呼ぶところへ――
我が若人よ
君男らしくためらひ給ふこと勿れ。

（金村龍済譯）

전쟁터로 달려간 젊은이도 있다
조국을 위해 인류 영원의 평화를 위해
우리 젊은이 가슴속에
장미같이 타오르는 붉은 기원이여!
용감한 마음, 든든한 마음, 후방의 수호는 굳건하다

돌을 씹고, 모래를 토해도 우리는 이겨야 한다
전투에 부서져 나라가 비참해진 모습을
그대 모르는가? 그대 보지 않는가?
돌을 씹고 모래를 토해도 우리들은 이겨야 한다

형제여! 이 땅의 젊은이들이여!
아시아의 하늘에 분주한 아침이 왔다
자! 일어나라!
조국을 위해 아시아 민족의 해방을 위해
그 용감한 나팔소리가 부르는 곳으로 − −
우리 젊은이들이여
그대 남자답게 망설이지 말아라

[가네무라 류사이(김용제) 번역]

新嘉坡陷落記念號

東洋之光

三月號

發行 東洋之光社 京城

1942년 3월 『三月號』

34. 나카노 스즈코(中野鈴子) - 「칩거(こもり居)」·「그대는 이미(君すでに)」

나카노 스즈코(中野鈴子, 1906~1958)

시인

후쿠이현(福井県)출신으로 사카이군립여자실업학교(坂井郡立女子実業学校)를 졸업하였다.

1930년 고바야시 다키지(小林多喜二)의 구원활동을 펼치면서 프롤레타리아 시인으로 활동하며 프롤레타리아 작가동맹에도 가입했으며, 이때 김용제와 함께 활동했다.

1932년 미야모토유리코(宮本百合子)를 편집장을 맡고 있던 『일하는 부인(働く婦人)』의 편집부원으로 일하였다.

1936년 결핵치료를 위해 귀향하여 부모를 도와 농업에 종사하였다.

1938년 김용제와 결혼할 생각으로 서울로 이주하여 효자동 여관에서 김용제와 동거하였으나 아내가 있는 기혼자임을 알고 귀국하였다.

1942년 전향시를 발표하였다.

1949년 신일본문학회(新日本文学会) 후쿠이(福井) 지부를 결성하여 활동하였다.

「단장(斷章)」(1935), 「열정적인 손을 들고(あつき手を挙ぐ)」(1942) 등이 있다.

35. 가네무라 류사이(金村龍濟, 김용제) -『봄날 시 선집(春日詩抄)』「눈물은 아름다워라(淚うるはし)」·「휘파람 불면(口笛吹けば)」·「이른 봄(1)(早春)(其一)」·「이른 봄(2)(早春)(其二)」·「소녀들에게(少婦たちに)」·「개미(蟻)」

　　　　こもり居　中野鈴子

　　　　──こもり──

この夕餉のまどゐ
垣根のぬくもり
古き屋根
外に聞く　靜かな雨足
何故ぞ！　歸りなき我が日々

やうやくに　二十一歳
或はすでに父なる　その人等
東をなして傷き命を斷つ
敵塲に四散し
遺骨分別せじ

老ひし母　若き妻
遺振寄みな　泪見せず
一家を背負つて起つ
こもり居る
我が耳朶よ碎れ
はじき出せ
叩かれよ！

칩거

나카노 스즈코

저녁 밥상에 둘러앉은
고타쓰(炬燵)의 온기
오래된 지붕
밖에서 들리는 조용한 빗줄기
왜인가! 변함없는 나의 날들

겨우 21세
어떤 이는 이미 아버지가 된 사람들
무리를 지어 상처입고 목숨이 끊어졌다
적지에 산화하여
유골을 분별할 수 없네

늙은 어머니 젊은 부인
유족들은 모두 눈물을 보이지 않고
집을 책임지고 일어섰네
집안에 틀어박혀 있는
나의 귓불이여 찢어져라
쫓아내라
두들겨 맞아라

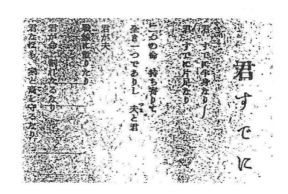

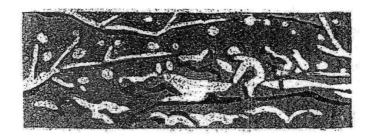

그대는 이미

그대 이미 반신불수가 되었네
그대 이미 외발이 되었네

두 개의 목숨이 서로 모여
완전히 하나가 된 남편

그대의 남편
전선에서 지네

그대의 목숨 나누었네
그대야말로 집과 나라를 지키네

春日詩抄

金村龍濟

涙うるはし

（新露慾貪路滄の日に）

汝らの罪惡の文明を知らざりし日
我らは花咲ける野の鳩の如く
涙なる名の味も値ひも知らざりき

汝らの文明を左れば罪惡と知りし日
我らはげに魔藥の妖怪に帯せる如く
徒らに西洋を追ふ醉薔の涙もありゆき

汝らの仇敵なるを知りて拒する力足らざりし日

봄날 시 선집

가네무라 류사이(김용제)

눈물은 아름다워라

(싱가폴 함락의 날에)

그대들이 죄악의 문명을 모르던 날
우리들은 꽃피울 수 있는 들판의 비둘기처럼
눈물나는 명예의 맛도 가치도 알지 못한다

그대들의 문명을 더욱이 죄악이라고 알지 못하던 날
우리들은 참으로 마약의 요사한 연기에 중독되듯이
쓸데없이 서양을 쫓는 것에 취해 기쁨의 눈물도 있었다

그대들이 원수가 된 것을 알고 벌할 힘이 부족한 날

我らは膽を甞めつゝ骨身を刻むが如く

東洋の雪辱を悲願する忍苦の涙もありき

汝ら遂ひに卵業を改悟せざる最後の日
我らの正義の後種は露靂の落つるが如く
あゝ對米英宣戰の感激の涙もありき
誰かよく泣かざるか、かの嚴肅なる感淚の日
光りの嵐吐くもの眼に濡れて悉く
百萬の手足を戰列へ驅りて措かざりき

ハワイを碎きし日、香港を取りし日

우리들은 쓸개를 핥으며 **뼈**와 살을 깎는 것처럼
동양의 설욕을 비장하게 소원하는 인고의 눈물이 있었다

그대들 결국 죄업을 뉘우쳐야만 하는 최후의 날
우리들 정의의 철퇴는 벽력이 떨어지는 것처럼
아아! 미국과 영국 선전(宣戰)에 감격의 눈물이 난다

누가 울지 않을 수 있을까? 그 엄숙한 감격의 눈물(感淚)의 날
빛의 폭풍 **뿜**어나오는 것이 눈에 젖어 드는 것처럼
백만의 팔다리를 전열(戰列)로 달려가지 않을 수 없다

하와이를 쳐부수는 날, 홍콩을 **뺏**은 날

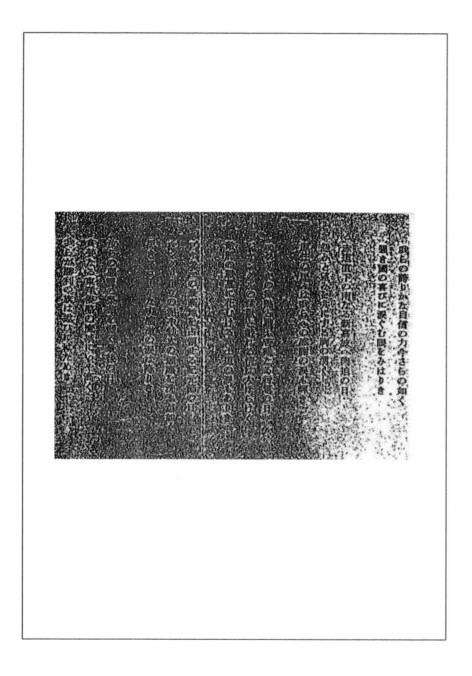

우리들의 자랑일까, 자신의 힘으로 지금에 와서야말로
강국의 기쁨에 눈물짓고 놀라서 눈을 크게 뜬다

적도 바로 아래 남쪽인 싱가포르에 육박한 날
원망과 희망을 함께 하고 가슴이 끓어오른다
들판에 사는 말들은 우리들의 감사의 눈물로 빛난다

■ 싸우던 힘들었던 행군의 날
■ 맹수와 장난치는 ■
적군의 전사 묘지에 꽃을 보내는 무사도의 눈물도 있다

■가장 높은 고지를 점령한 기원절 날
■을 씻는 듯이
■ 되는 감격의 눈물은 흐르네

그대들의 ■ 최후의 날
탐욕적인 동양침략의 마성에 이상하게 높아져
우리들 승리의 깃발은 결국 나부낀다

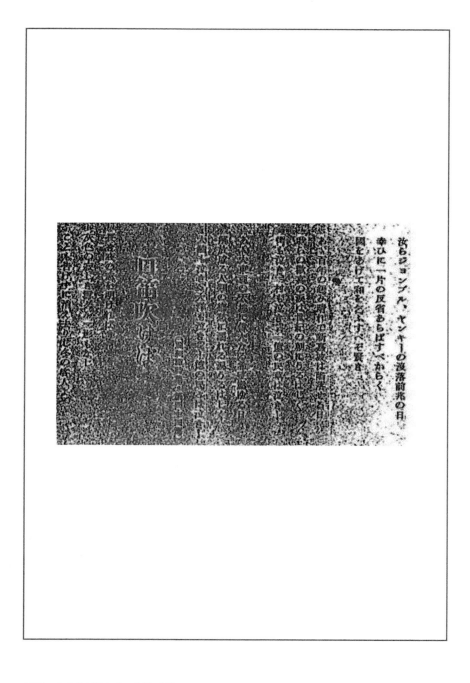

그대들 영국인 양키의 몰락전조의 날
다행히 한쪽에서 반성을 표명하며
거국적으로 화해를 구걸하는 방법이 현명하다

아아! 백년의 원한을 풀고 싱가포르가 함락한 날
우리들 환희의 눈물은 세기의 아침에 아름답다
도시도 울고, 마을도 울고, 일억의 민초는 울었다

아아! 대동아 천지에 위대한 희망이 있는 날
해방된 인류의 향수에 젖은 눈물은 아름답다
대륙도 울고, 대양도 울고, 십억의 국민들은 울었다!

(아시아시집 제 44편)

휘파람 불면

긴 저녁의 창을 열면
회색의 쓸쓸한 눈사람이 그림자도 없이
이유도 없이 사라져가는 겨울 손님이여!

ひヽらぎの燃ゆる音は誰が口笛ぞ

牧場のヒヨコ繞り燒門のほとりに來れば

群がる子供と戲れて我れも手を拍てり

翼色きロばしの青葉を口笛に眞ぬれば

輙ろき我が肩より雲雀は立てり

なに心なく蹴つてまさぐる路傍の小石よ

手にまた拾つてまさぐる面白さ玉も及ばじ

頭をまはして岔の彼方へ投げやれば

大洋の中にしぶく白き波紋の音も聞えなん

吹雲を鳴き越せる白楊の幹に

うらヽかな春の光りは寄洳を流したり

抱き擁でて見る我が胸と草は寄み縒れ

樹脂かぐはしく青葉の芽は浮べり

愛する人と日曜日の野を口笛吹けば

졸졸 흐르는 여울이 불타는 소리는 누구의 휘파람인가

목장 병아리를 팔고 있는 성문 근처에 오면
무리지어 아이들과 장난치고 나도 손뼉을 치며
황색부리의 말을 휘파람으로 흉내내면
가벼운 우리의 어깨위에서 종다리는 서있으리
아무 생각 없이 발로 차보는 길가의 작은 돌이여
손에 다시 주워서 만지작거리는 즐거움 구슬에 못지않다
팔을 돌려서 하늘 저쪽으로 던져보면
큰 바닷속에 물보라치는 하얀 파문의 소리도 들리지 않는다

눈보라를 울며 넘기는 백양나무 줄기에
화창한 봄 햇살은 향내를 풍긴다
안고 쓰다듬어보는 우리 가슴과 손바닥은 부유함이 넘친다
나무의 진(樹脂)이 향기롭고 파란 잎의 꿈은 떠오른다

사랑하는 사람과 일요일 들판에 서서 휘파람불면

遙かなる地平線の上に
眞白き攫のふさ／＼五線紙の節を踊り
囀々の歌ごころ春の子を授け給ふらん

あゝ戰ひの世に戰ひ生くるも樂しきを
自然の惠みは我れにまた造化の口笛を與へたり
早生の菜を摘み行く、少女の蟾蜍のぞけば
野ぜりの匂ひは青く　桃の花は赤く微笑めり

（朝鮮選詩集・第三十九號）

早　春　（其一）

土色の、油濃く光りを增して
歎せる大地の惠みあたゝまる日
庭を割る戟に白き草花の芽よ
うるはしき眞夏の夢東を
かの太陽の塔へ放たんと矢を拔くか

아득한 지평선 위에
새하얀 구름이 보송보송 오선지의 음계로 춤추고
신들의 노래에 봄의 자녀를 하사해주시네

아아! 전쟁의 세상에 전쟁에서 살아가는 것의 즐거움을
자연의 혜택은 우리에게 다시 조화의 휘파람을 주네
덜 자란 나물을 뜯으러 간다, 소녀의 노래바구니를 들여다보면
야생미나리의 향기는 신선하고, 복숭아꽃은 빨갛게 미소짓네

(아시아시집 제 39편)

이른 봄(1)

흙색 기름 진하고, 빛을 더해
침묵하는 대지의 은혜가 따뜻해지는 날
마당을 뚫고 나오는 황색에 하얀 풀꽃의 새싹이여
아름다운 한여름의 꿈을 동쪽으로
태양의 저편으로 날리려고 화살 시위를 날렸는가

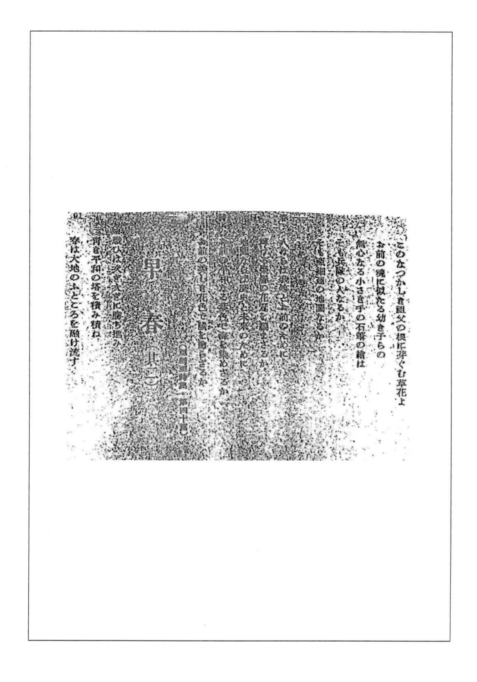

이 그리운 조부의 뿌리에 싹트는 화초여
그대의 영혼을 닮은 어린 아이들의
무심하고 작은 손의 석필(石筆) 그림은
도대체 병사가 될까?
대관절 아시아의 지도가 될까?
사람이라면 우리들 그대를 위해
빛나서 영예로운 화관을 짤 수 있을까?
지도라면 역사와 미래를 위해
그대의 평화로운 자색으로 바다를 물들일까?
그대의 아름다운 꽃색으로 언덕을 물들이지 않을까

(아시아시집 제 40편)

이른 봄(2)

전투는 차례차례로 승리하며 진군해
푸른 평화의 탑을 쌓고 쌓아
봄은 대지의 품을 녹이고 흐른다

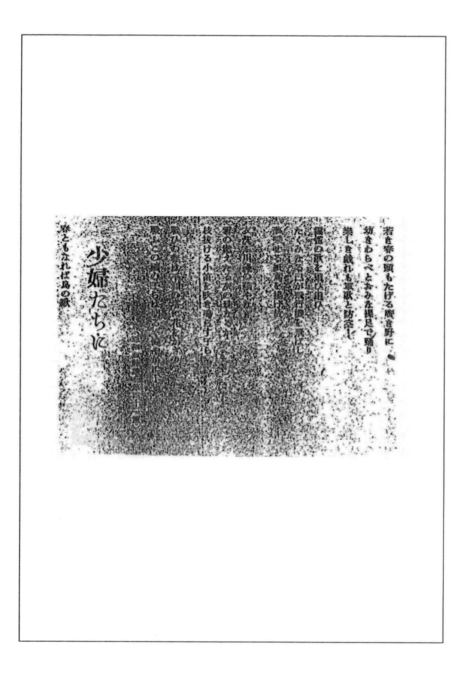

이른 봄이 머리를 드는 넓은 광야에
어린 아이들과 여자들이 모두 맨발로 춤추고
즐거운 장난도 군가와 방공!
■의 노래를 쫓고 쫓아서
솜씨좋은 내가 비행기를 날리고
꿈을 실은 종이매를 날려보낸다
빨래터 근처의 통나무와 ■
■이 불꽃처럼 빛나는 불의 구슬인가?
나뭇가지를 뽑아 휘파람을 부는 아이들
전투의 봄은 평화의 탑에 꽃을 장식하고
싸우는 이 나라 아이들은 ■

(아시아시집 제 41편)

소녀들에게

봄이 되면 새들의 노래

燃せる思出もよみがくる君たち
今すでに若き妻
そして美しき人の母

かまどの火の細きを燃かす
朝夕の飯の貧しきをこぼさず
新らしき着物と白粉を欲しからず
古きゴム靴を穿づからつくらふ
あゝ戦ひの世の家守る君たち

牽ともなれば馬の嘶き
針もてる君たちの弱き手
遙また野に出て鍬を握つ
子守唄ふ君たちのやさしき笑顔
夫行けばまた悲しまず別れを歌ふ
あゝ戦ひのこの國に花は滿ちたり

（亞細亞詩集　第四十二輯）

蟻

水は昇るなり

뜨거웠던 추억으로 되살아나는 그대들
이제 이미 젊은 아내
그리고 아름다운 사람의 어머니

아궁이 불이 약한 것을 한탄하지 않는다
아침 저녁밥의 가난함을 불평하지 않는다
새로운 의복과 화장분을 욕심내지 않는다
오래 된 고무신발을 손수 수선한다
아아! 전쟁 중인 세상에 집을 지키는 그대들

봄이 되면 말의 높은 울음소리
바늘을 잡은 그대들의 연약한 손
낮에도 또 들판에 나가 괭이를 두드린다
자장가를 부르는 그대들의 상냥한 웃음 띤 얼굴
남편이 가도 또한 슬퍼하지 않고 이별을 노래한다
아아! 전쟁 중인 나라에 꽃은 가득 차 있네

(아시아시집 제42편)

개 미

물은 증발한다

大いなる黒き木塊に水は昇るなり
光りは降るなり
瀑なす太陽の光りは降るなり

枯れたる枝々に生命の乳洞ふなり
飢えたりし我等への如くに……
吹雪に叩かれし芽と蕾を春は恵むなり
虐げられて前へし我等への如くに……

鐵が湧くなり
太平洋のるつぼに歴史の鐵が湧くなり
火が撚ゆるなり
亞細亞より罪惡を灰燼する火が撚ゆるなり

春來たりなば、時來たりなば――
毛の如き足にて蟻は佃ふなり
君見ずや小さき生の蟻さへも
地球を廻はして己が道行くを！

（昌細盟詩集　第四十三篇）

커다란 검은 나무벽으로 물은 증발한다
빛은 쏟아진다
폭포처럼 태양의 빛은 쏟아진다

시든 나뭇가지 가지마다 생명의 젖을 적셔준다
굶주린 우리들에게 그랬던 것처럼……
눈보라를 맞은 새싹과 꽃봉오리를 봄은 품어주네
학대받아 겁에 질린 우리에게 그랬듯이……

철이 들끓고
태평양 저주의 단지에 역사의 철이 들끓는다
불이 타오른다
아시아로부터 죄악을 잿더미로 만들 불이 타오른다

봄이 오면, 그때가 오면…
티끌만한 다리로 개미는 기어간다
그대 보지 못하는가? 작은 생명의 개미조차도
지구를 돌아서 자신의 길을 가는 것을!

(아시아시집 제43편)

참고문헌

— 논저 —

권영민 외 3인編(1988), 『한국근대장편소설대계』, 태학사

권혁웅(2001), 『시적 언어의 기하학』, 국학자료원

권혁희(2005), 『조선에서 온 사진엽서』, 민음사

김상구 외 8인(2005), 『틈새 공간의 시학과 실제』, 부산대학교 출판부

김순전 외 5인(2018), 『한국인 일본어 문학사전』, 제이앤씨

金容稷(1997), 『韓國現代文學의 史的 探索』, 서울대학교 출판부

김용직(2000), 『한국 현대시인 연구(상)』, 서울대학교 출판부

김윤식(1993), 「한일문학의 관련양상」, 一志社

_____(1997), 『김윤식 교수의 시 특강』, 한국문학사

_____(2003), 『한·일 근대문학의 관련양상 신론』, 서울대학교출판부

_____(2009), 『최재서의『국민문학』과 사토 기요시 교수』, 도서출판 역락

南富鎭(2001), 『近代文学の朝鮮体験』, 勉誠出版

다카사키 소지(2006), 『식민지 조선의 일본인들』, 역사비평사

다카하마 교시著·조경숙譯(2009), 『朝鮮』, 제이앤씨

다테노 아키라編著(2006), 『그때 그 일본인들』, 한길사

백낙청(1982), 『한국근대문학사론』-역사소설과 역사의식, 한길사

사희영(2011), 『國民文學』과 한일작가들』, 도서출판 문

상허학회(2003), 『한국 근대문학 양식의 형성과 전개 』, 도서출판 깊은 샘

서경석(1999), 『한국근대문학사 연구』, 태학사

송민호(1991), 『일제말 암흑기 문학 연구』, 새문사

스칼라피노·이정식, 한홍구 옮김(1986), 『한국공산주의운동사』1, 돌베개

신용하(2006), 『일제식민지 정책과 식민지 근대화론 비판』, 문학과지성사

安懷南(1940), 『朝鮮文学選集. 第3巻』, 赤塚書房

유숙자(2002), 『在日한국인 문학연구』, 월인

유시욱(2008), 『한국 현대시 백 년, 현대 시인 백 인』, 서강대학교 출판부

윤병로 편저(1991), 『한국 근・현대 문학사』, 명문당

＿＿＿＿＿(1996), 『한국 대표작 선집 평론 2』, 명문당

윤해동외 5인(2006), 『근대를 다시 읽는다』, 역사비평사

이주미(2003), 『한국리얼리즘문학의 지평』, 새미

이한정・미즈노 다쓰로(2009), 『일본 작가들이 본 근대조선』, 소명출판

任展慧(1994), 『日本における朝鮮人の文學の歷史』, 法政大学出版局

임종국(2002), 『親日文學論』, 민족문제 연구소

장덕순(1963), 『일제 암흑기의 문학사』, 세대

정백수(2000), 『植民地體驗과 二重言語文學』, 아세아문화사

친일반민족행위진상규명위원회(2009), 『친일반민족행위관계사료집 XV』, 도서출판 선인

한국극예술학회(1996), 『한국 현대 대표 희곡 선집1』, 태학사

현길언(2002), 『한국현대소설론』, 태학사

홍기삼편(2001), 『재일한국인 문학』, 솔출판사

大村益夫(1998), 『『國民文學』別冊 解題・總目次・索引』, 緑陰書房

＿＿＿＿(2002), 『近代朝鮮文学日本語作品集』評論随筆篇 1 緑陰書房

大村益夫, 布袋敏博編(1997), 『朝鮮文学関係日本語文献目録』, 緑陰書房

＿＿＿＿＿＿＿＿＿(2001), 『近代朝鮮文学日本語作品集』創作篇1～4, 緑陰書房

川村湊(1993), 『近代日本と植民地6 - 抵抗と屈従』, 岩波書店

佐野通夫(2006), 『日本植民地教育の展開と朝鮮民衆の対応』, 社会評論社

田中英光著, 임종국譯(1978), 『醉漢들의 배』, 평화출판사

中薗英助(2002), 『過ぎ去らぬ時代忘れ得ぬ友』, 岩波書店

─ 논문 ─

김윤식(1974), 「韓國作家의 日本語作品 - 日語로 쓴 作品들과 그 問題點」, 문학사상 24호

노상래(2004), 「『국민문학』 소재 한국작가의 일본어 소설 연구」, 韓民族語文學 제 44호

박경수(2003), 「일제 말기 재일 한국인의 일어시와 친일 문제」, 배달말학회 제 32집

朴仁哲(2008), 「「滿州」における朝鮮人「安全農村」に関する一考察 : 朝鮮人移民一世への聞き取り調査を通して」, 北海道大学大学院教育学研究院紀要 106집

윤대석(2006), 『1940년대 '국민문학' 연구』, 서울대학교 대학원 박사논문

喜多恵美子(2015), 「転向美術家と「朝鮮」「満洲」－村山知義 · 寄本司麟を中心に」, 한국근현대미술사학 제30집, 한국근현대미술사학회

熊谷明泰(2004), 「植民地下朝鮮における徴兵制度実施計画と「国語全解・国語常用」政策(上)」, 関西大学人権問題研究室紀要 48권

布袋敏博(1996), 「일제말기 일본어 소설 연구」, 서울대학교 대학원 석사논문

松本邦彦(2019), 「「協和会」と皇民化運動の思想的背景— 戦時下の在日朝鮮人政策 —」, 山形大学紀要(社会科学) 제50권

三枝寿勝(1977), 「狀況과 文學者의 姿勢」, 경희대 석사논문

— 잡지 —

『國民文學』, 인문사, 제1권 ~12권
『東洋之光』, 울타리, 제1권 ~ 9권

— 참고 사이트 —

Daum 백과사전
네이버 지식백과
フリー百科事典『ウィキペディア(Wikipedia)』
위키백과

편역자소개

사희영 史希英

소속 : 전남대 일문과 강사, 한일 비교문학 일본근현대문학 전공
대표업적 : ① 논문 : 「근대 한일작가의 글쓰기 전략-『東洋之光』게재 소설을 중심으로-」,
　　　　　　　『日本語敎育』제99집, 한국일본어교육학회, 2022년 3월
　　　　　② 저서 : 『 國民文學』과 한일작가들』, 도서출판 문, 2011년 9월
　　　　　③ 편역서 : 『(조선총독부 편찬) 초등학교 <歷史>교과서 번역』, 제이앤씨, 2018년 8월
　　　　　④ 공저 : 『한국인 일본어 문학사전』, 제이앤씨, 2018년 12월

근대 암흑기문학 정체성 재건
잡지 『東洋之光』의 詩 世界 〈Ⅰ〉

초 판 인 쇄	2022년 12월 20일
초 판 발 행	2022년 12월 27일
편 역 자	사희영
발 행 인	윤석현
발 행 처	제이앤씨
책 임 편 집	최인노
등 록 번 호	제7-220호
우 편 주 소	서울시 도봉구 우이천로 353 성주빌딩
대 표 전 화	02) 992 / 3253
전　　　송	02) 991 / 1285
전 자 우 편	jncbook@hanmail.net

ⓒ 사희영 2022 Printed in KOREA.

ISBN 979-11-5917-226-7　93830　　　　　　　　　정가 29,000원